雙向誘拐

作—千晴
繪—Ooi Choon Liang

Reverse
Abduction

停車場

那個女孩走上前來時是當天的黃昏，橙色無溫的陽光把停車場的白線染黃，她的個子很小，得仰望男人，齊平瀏海下還有厚重的單眼皮蓋住瞳光，不及肩的蓬鬆短髮參差不齊，有種家庭手工的味道。

「能幫個忙嗎？」含在嘴裡的柔聲，若不是直直望著男人的臉，還真不知道是在說話或自言自語。

男人放下拿車鑰匙的手，轉身面對女孩，女孩身穿牛仔背心裙和白棉襪，外搭陳舊的淡粉棉外套，比她外貌年齡稍嫌幼稚的打扮，但她站在這個偏僻的公有停車場，指著不遠處說：「我的車，好像沒電了。」

男人順著她短小的指頭看過去，那是一輛墨藍色的小轎車，看起來比至少能拿駕照的女孩更加年長，年輕的男人抓抓頭髮，他買車也才一年，還沒遇過電瓶沒電。

「能夠，幫我接個電嗎？」女孩又說。

無力的冬陽正在毫不留情地隱沒，夜風越來越強勁，山坡地上的小停車場只剩下寥寥幾輛車，角落有些車甚至看起來永遠不會有人回來發動，唯一的道路上已經好陣子沒有車燈經過，怎麼想都沒有對女孩的請求搖頭說不的道理。

「我先把車移到妳旁邊吧。」

男人開的是白色三菱，樣子普通但明淨，像他身上的細格紋白襯衫與淺灰西裝褲，肩上的黑色運動包被他擺在副駕駛座。

女孩的老車旁邊都是空位，男人把車停好，打開引擎蓋，面對各種方盒與接線，他一時茫然，然而女孩已經把電線遞上來，理所當然似地擺進他手中。

「拜託你了。」女孩仰望著，眼神依然埋沒在瀏海與單眼皮下。

男人拿著陌生的電線，探身進引擎蓋，他發現電線上有標示正負，猶豫一番後，他才決定哪一個方盒是電瓶，然後試著把相同的符號接在一起，祈禱等一下接通時，不會讓他們兩人都回不了家。

抬頭起來正對上女孩的臉，男人彷彿第一次接觸女孩的視線，那是熱炙的凝視，男人有些詫異，但他心繫著不知道能不能接上的電瓶，喃喃對女孩說：「換妳那邊？」

女孩退後一步，讓出引擎蓋前的空間，引擎蓋已經打開，男人硬著頭皮上前，他在今天之前連自己的引擎蓋都沒打開過，想必別人的車也不會更陌生，他手拿電線的另一頭，彎腰探進引擎蓋狹窄的角度，已經夠昏暗的光線讓他花了一點時間適應。

「在右手邊，有看到嗎？」聽到女孩含糊的聲音。「有兩個小突起，上面有標示該接哪一條。」

到底在哪裡？女孩模糊的指示讓男人更加混亂，他沒有看到跟剛才類似的方盒，為什麼不自己來接呢？既然她知道電瓶在哪裡，應該比停車場偶遇的陌生人更熟悉。

男人漫不經心地思考，他的眼角瞥見左下角的方盒，原來電瓶根本就在那裡，他趕緊把電線湊過去。

碰——

轟然巨痛在頭頂爆炸，對男人而言，這一個傍晚，就沒有然後了。

12月2日

麻繩深陷入的肌膚並不好擦洗，繩結在雙踝間縛得緊實，沒有任何移動空間，但她還是把指頭包在擰乾的毛巾中，沿著麻繩邊緣仔細擦過，然後換上整面毛巾，擦過毛髮稀疏的小腿，雞皮疙瘩隨著毛巾經過冒出，即使在這間門窗緊閉的廁所，十二月的溫度仍然保有威力。

男人頹坐在馬桶上，除了麻繩外一絲不掛，一捆綁在腳踝，另一捆綁在繞過馬桶水管的手腕，他垂頭在自己胸前，看不清臉孔，在日光燈下偏白的小腹沒有太多贅肉，但也看不到鍛鍊的痕跡，是一種年輕自然的平實。

女孩蹲在他面前，用毛巾反覆搓揉每一吋表皮，腳趾間隙尤其用心，經年累月的角質被她用銼刀與毛巾交互去除，彷如多年前初生。

男人仍舊維持不自然的坐姿，頭頂黑髮透出不明顯的暗紅結塊，循跡能見到頭皮的腫包。

女孩完成雙腳的清潔，重新洗過毛巾後，繼續往膝蓋以上，沿著大腿，越過鼠蹊，當冰涼的纖維探入兩腿之間，男人瑟縮了一下，這絲毫沒有影響女孩的步調，她用相同的專注清洗下身每一道皺摺，畢竟男人也只能顫抖，腳踝上堅決的麻繩禁止一切掙扎。

「妳好。」

女孩抬頭，她的手還在男人的腿間，男人的脖子已經不是癱軟，但他還是低著頭，看著女孩仰望的雙眼。

「我在停車場見過妳，但不知道名字。」他的聲音乾澀沙啞，但語調輕鬆。

「我叫柳奕勳，妳呢？」

女孩僵在視線中，一會兒後才說：「我知道，我有看你的名牌。」

「喔，我的背包在你那裡嗎？」

女孩沒有回答，那時她打開沒上鎖的三菱，拎走柳奕勳的背包，背包裡有一本頗重的英文書、一件白袍和放在塑膠套裡的名牌。「市立精神療養院」、「醫師」，名牌上是這麼寫的。

「那個……呃，我要怎麼稱呼妳？」柳奕勳皺眉，好像這是現在最困擾他的事。「不想說本名也沒關係，別人都怎麼叫妳？」

「……小露。」女孩說得遲疑，她從不曾自己說過這兩個字，有種詭異的口感。

「小露……小姐。」柳奕勳低聲咀嚼。

小露低頭繼續清潔工作，冷不防聽到頭頂的聲音。

「妳的……車，還好嗎？」

小露再次抬頭，柳奕勳微睜眼睛，隨即又閉上。

「抱歉，還是有點暈。」

「車沒事。」因為對方閉著眼睛，小露也不再看他，邊做邊說：「那是假的，車子有電，但要讓你低頭，才好打，而且你就站在車子前面，比較好拖上去。」

「唔……」柳奕勳微微呻吟，他的表情看起來不太好受。「難怪……這麼痛。」

小露只匆匆瞥一眼，她現在的工作很艱難也很重要，男人尿尿的地方被包住，所以特別難洗乾淨，有些人在小露清洗後會自己打開，而且從腿間伸出來，但大部分的人都不會這麼體貼。

還好柳奕勳是前者，而且沒有麻煩的屑屑，小露滿意地擦完兩腿之間，站起來洗毛巾。

「啊。」

小露轉頭，對上柳奕勳的視線，大概還暈著，他半瞇的眼睛看起來勉強，呼吸也很重。

「你要問我在幹麼吧？」小露先開口，她已經解釋過太多次。「我得把你洗乾淨，才能畫畫。」

「不是。」柳奕勳搖頭，馬上又閉起眼睛。「雖然我也好奇妳的畫，不過我原本沒有那個意思。」

「那是什麼呢？」小露問，她很少發問，更別提問這間廁所裡的男人們，對這些男人，小露一直沒有什麼想知道的事。

柳奕勳沒有說話，只是嚥下唾沫，喉結一降一升，還是沒有其他聲音。

「還是你要叫我放開你？」這是男人們第二常說的話。

「妳想放開我嗎？」柳奕勳緩緩睜開眼睛，有點迷茫，但認真看著小露。

小露沒有被問過這種問題，她思索什麼才叫「想要」，跟「打算」有什麼不同，最後她還是沒有結論，所以誠實說：「我不知道。」

「那麼妳可以慢慢考慮。」柳奕勳的聲音漸趨平穩。「我不會叫妳做什麼事，因為妳最後做的也會只是妳想做的事。」

「這倒是不一定。」小露用力擰乾毛巾。「但是我現在要把你擦乾淨，這是確定的。」

冰冷的毛巾從小腹往上，繞過兩側腋下，循著沒有線條的雙臂前進，柳奕勳縮著脖子，但其實幾乎沒有移動的空間，只能任由皮膚顫抖，他憋著嘴，但呼吸聲還是在發抖。

小露再次洗毛巾，柳奕勳才放鬆肩膀，也再度有餘裕說話：「我認為人只會做自己想做的事，就算說不想，也是衡量各種可能後寧可的選擇，譬如妳現在把我帶來這裡，跟把我留在停車場比起來，應該有個選擇的理由。」

小露想了一下，覺得柳奕勳的話很難懂，她沒有聽過這麼複雜的事情，也不知道除了帶男人回家之外，還有什麼其他的選擇。

小露把冰毛巾貼在柳奕勳的下巴，讓他的臉瞬間皺起，然後小露細細搓洗容易卡髒汙的脖子，一邊看著肌膚在摩擦中泛紅，一邊說：「我本來出去就是要找適合的男人，沒有什麼好選擇的。」

「適合……唔。」開口的時候，柳奕勳的嘴巴正好被毛巾堵住，不過疑問已經傳達出去。

「就是會在沒有人的停車場，一個人開車，看起來年輕健康，皮膚白一點比較好，畢竟要畫畫。」小露解釋。「有一次不小心找到一個男人身上有刺青，帶回來才發現，那就不行。」

毛巾離開嘴邊，轉而摀住眼睛。

「不行的話，怎麼辦？」被擦洗動作搖晃頭部的柳奕勳，夢囈般問。

「放著不管，最後一樣處理掉。」小露立刻回答。

連耳後也搓乾淨之後，小露終於起身，馬桶上的柳奕勳仰望矮小的女孩，一時竟然沒再說話。

「放心，你可以的。」小露不知道自己為什麼這樣說，或許是柳奕勳的眼睛，讓她覺得需要對這個人承諾什麼。「媽媽會很滿意。」

柳奕勳疑惑地微微開嘴，但小露沒有看到，她已經轉身走出廁所，門隨即帶上，然後連日光燈都陷入黑暗。

＊

耳邊的撥號音再次轉入語音信箱，方崇誠放下手機，掛掉給「柳大」的電話，未接來電已經累積到八通，通通都是這個晚上打的。

他的視線轉回電腦螢幕，通訊軟體還是沒有跳出新通知，滑鼠往右下角一滑，現在時間已經來到八點三十三分。

整整一個小時又三十三分鐘——想到自己在電腦前枯等的時間，方崇誠不由自主又拿起手機，但最後還是克制地放下。

他點開與「Yi Syun Liou」的視窗，對話還停留在早上，柳奕勳說他今天要去市郊的另一間精神療養院開會，所以今晚的線上討論時間改約七點，方崇誠問他要不要再晚一點，至少不要趕著吃飯消化不良，但柳奕勳說他都帶便當回家，可以邊打字討論邊吃。

自己要約這麼早，好歹也準時啊！

方崇誠惱火地把空飲料杯往宿舍門口的垃圾桶丟，果然不辱刑事局第一神射手的美名，漂亮地空心進籃，但這一點都不能改善他的心情，為了這個研究計畫，方崇誠推掉過自己不固定的作息中寥寥幾次晚餐聚會，包括今晚高中同學的邀約，想到朋友們正在吃燒肉，方崇誠有股把飲料杯撿回來捏爆的衝動。

柳奕勳也是方崇誠的高中同學，但不屬於常聚餐的那一群，進入警大之後，滿滿的行程讓方崇誠跟許多高中同學的聯絡逐漸減少，如果一群好友五、六人，至少每年會有一兩個想到要聚聚，但像柳奕勳這樣不屬於什麼團體的朋友，久而久之便失去聯繫。

他們再碰面是半年前，方崇誠從正午的太陽下返回局裡，開門就直衝茶水間，然而在走廊上，突然闖進眼中的背影讓他駐足，然後轉彎快步追上。

都不存在。

「啊，崇誠。」是柳奕勳先開口，好像突然回到從前的校園，超過十年的時間

「你們認識？」走在柳奕勳旁邊的長官馬上露出見獵心喜的樣子。「看來這差事說什麼都該交給你了！」

原來刑事局和市立療養院要進行一項針對連續殺人的犯罪心理研究計畫，主持人是市立療養院的謝乾光教授，身為後輩的柳奕勳幫教授來刑事局收案，刑事局自然需要派一個人出來負責，這項分外工作理所當然地落到「醫生的老朋友」方崇誠頭上。

這一次重逢，方崇誠才知道柳奕勳成為所謂的「精神科醫師」，奇妙的是，方崇誠有種「早就知道」的感覺，到底是純粹的馬後砲，還是基於三年同學的理解，他也說不上來，真要說的話，或許是因為跟柳奕勳說話，始終讓他覺得好像在照一面鏡子，他越來越了解自己的想法，卻越來越不懂柳奕勳的想法。

方崇誠其實不討厭這項任務，雖然永遠搞不懂法規和統計，但看到逐漸累積的數字和表格，就有種踏實感，合作的是柳奕勳也是件好事，即使他過了十年還是搞不懂柳奕勳，跟他在一起還是有種可預期的安心。

今天的狀況就真的是太超過了，已經不是能夠用「遲到」簡單帶過的距離，

別說是向來準時的柳奕勳，對一般人來說都很誇張，方崇誠心中閃過不好的念頭，交通隊的小劉跟他交情不差，應該會願意幫忙問值班的同事，看今晚有沒有車禍的消息，可是方崇誠也不知道柳奕勳的車牌號碼。

或者是直接去他家看看？柳奕勳住在市立療養院附近的出租公寓，跟方崇誠的警察宿舍舒適度差距大概是公共廁所到露天浴池的距離，所以當他們需要面談的時候，幾乎都是在那裡進行。

現在早就是離峰時段，機車騎過去只要十五分鐘，到時候那傢伙如果真的只是在家裡睡著還怎樣，一定要狠狠削他一頓宵夜。

但如果不是呢？

方崇誠心中確實地湧上不安，但他連想都不敢細想。

*

時光無法計算的黑暗中再度照入一隙明亮，小露看到柳奕勳在這個瞬間抬頭，好像一直等著她出現。

小露拉開手中的捲尺，通常在這個時候，男人們的嘴巴都已經被她塞住，再也聽不到各種哭叫咒罵，但柳奕勳安靜看著她走來，把指頭搭在他脖子上，摸出喉結。

「小露小姐。」

「嗯？」小露縮回震動的手指，遲疑一下才推斷對方只可能是在叫她。

「如果妳需要我的尺寸，可以直接告訴妳。」

「你是說，脖子一圈有幾公分？肩膀兩邊有多長？還有胸、腰和手臂這些嗎？」小露的視線逐一掃過柳奕勳身上各部位，其實以她的經驗，用肉眼估算的數字也差不了多少，但媽媽很要求精確，所以她還是每次都會實際量尺寸。

「這我就沒辦法，我只知道自己穿L號。」柳奕勳苦笑。「這麼詳細的尺寸，是要訂做衣服嗎？」

小露搖頭，把捲尺圈上柳奕勳的脖子。

「我說過了，媽媽要畫畫。」

布繩收合之際，柳奕勳嚥下唾沫，喉嚨動作讓布繩吃進肉裡，等小露鬆手，他才問：「妳的媽媽知道我怎麼來的嗎？」

「她開車載你回來的。」小露頓了一下，才決定坦誠。「其實我不會開車。」

「妳想自己開車嗎？」

小露越過柳奕勳頭頂，拉開捲尺量他背後的肩寬，記下數字，然後才回答：

「應該不想。」

柳奕勳點頭，這時小露又蹲回他面前，把捲尺塞過他的腋下。

「妳說媽媽載妳出門，讓妳在停車場把人打昏帶回家，之後她可以畫畫。」柳奕勳一邊扭動手臂，盡量配合讓捲尺能從另一邊腋下拉回來。「妳是為了什麼跟她一起做這些事？」

小露仔細確保捲尺經過兩邊的乳尖，才讓兩端貼合，讀出數字。

「打你的人是媽媽，我跟你講話，讓你不要聽到媽媽走過來的聲音。」

「嗯……」柳奕勳似乎在想什麼，任由小露把繩圈縮緊下拉，量出腰圍。

小露抽回捲尺，拿出背心裙口袋裡的紙筆記錄，然後她抬頭要量手臂的長度，正對上柳奕勳低頭的視線。

「妳有想過直接跟我說要畫畫，請我過來這裡嗎？」

小露愣了一下，反問：「你會跟我們過來嗎？以前的人在畫畫的時候都一直大叫，不……從洗澡開始就一直叫我放開他們，所以還是要綁起來才行。」

「這樣子啊，那麼畫完之後呢？」

「畫完？」小露拉開的捲尺在半空停下。「喔，畫完之後就都不會叫了。」

柳奕勳看著小露，連她彎腰量肩膀到手腕的長度，起身時還是見到柳奕勳的視線，小露把捲尺一端按在臀部骨頭突起處，順著大腿側邊往下拉，一邊說：「你剛剛問為什麼要一起做這些事，媽媽說如果我去找男人幫忙，大家應該比較會答應，雖然以前我小的時候，媽媽也都是一個人去問、一個人打昏男人。」

沉默了幾秒，才聽柳奕勳說：「這樣的事情，妳做得開心嗎？」

小露回想開心是什麼感覺，一邊努力把捲尺塞過兩腿之間量出腿圍，一邊回答：「很開心啊，可以坐車出去，而且有抓到男人，媽媽也會很高興。」

塑膠捲尺在腿根摩擦，小露把男人兩腿之間的東西推開。

「啊唷！」柳奕勳突然整個人縮一下，但被綁在馬桶上的他其實根本沒有縮的空間，小露突然想到，也許他會痛。

小露量完把捲尺抽出來，反彈打到柳奕勳身上，這次他沒有叫出聲，但明顯吸一口氣。

為什麼不叫呢？之前的男人沒有做什麼也叫個不停，如果他會痛的話，為什麼這麼安靜？小露怎麼也想不透，伸手又壓一下。

「小露小姐！」

小露嚇了一跳，才摸到就僵住，抬頭看柳奕勳，但柳奕勳撇開頭，並沒有像先前那樣看著她。

「妳對我做這些的時候，也很開心嗎？」

小露想了想，然後使勁壓下去，柳奕勳瞬間嗚咽。

「很痛嗎？」小露反問。

柳奕勳呼出氣，然後才回答：「對。」

原來真的會痛，小露得到答案後滿意地放手，決定也回答柳奕勳的問題：

「做這些事不像出去那麼開心，但是不好好做的話，媽媽會生氣。」

「剛剛那個，也是媽媽叫妳做的嗎？」柳奕勳仰頭追上小露的眼睛。

「剛剛……喔。」小露領略後，老實搖頭。「這是我自己想做的。」

柳奕勳還若有所思，但小露沒有時間再拖下去，她揣著口袋中量好的尺寸，快步走出廁所。

＊

不安的念頭一旦出現在心中，就像水面起了漣漪，不管多麼微小，都只會越擴越大，柳奕勳不尋常的遲到在方崇誠心中出現越來越多想像，刑警生涯絕對提供他不少鮮活的素材，向來走行動派的他馬上拿起機車鑰匙，往宿舍停車場去。

然而在他戴上安全帽的前一刻，手機突然響了。

「你總算打來了！」方崇誠邊咒罵邊慌忙掏出手機，然而螢幕上顯示的名字卻是「正光」。

「喂？你們不是在吃飯嗎？打來幹麼？」方崇誠沒好氣地接起電話。

「你是在衝啥潲？找你續攤還嫌啊？」雖然劈頭就是不雅詞語，正光的口氣倒還是嬉皮笑臉。

「續攤？你們吃完了？」平常他們這群高中同學聚餐，絕對沒有這麼快散會的道理，所以方崇誠完全沒有料到這時正光會找來。

「對啊，餐廳用餐時間太短了，下次不要去那間。」正光回答。「我們要去吃熱炒，加一嗎？」

「現在喔？」說沒興趣是騙人的，方崇誠當然知道已經吃飽的同學們還要去熱炒店，醉翁之意就在酒，但他正要出發去柳奕勳家，等他找到柳奕勳，同學們應該也已經續完了。

「現在，馬上。」正光毫不猶豫。「你那個什麼研究從七點到現在應該也好了吧？我們想到你今天沒得來，要續攤還特別打電話給你，別說不夠朋友。」

「這個嘛……」方崇誠有點懶得解釋被放鴿子的事。

「還沒好嗎？」正光聽起來有點失望。「你最近很難約欸，不對，本來輪班就很難約，現在又多了一個研究，該不會有妹子了？」

「哪來的妹子？最好是啦。」方崇誠對這些老同學只想到八卦，既是無奈又是好笑。

「沒有就快滾過來，阿鳳的店知道吧？你那個伙伴搞不好也想吃宵夜了，警察大人快放他自由吧！」

方崇誠突然想到從沒跟正光他們說過，他合作的對象就是柳奕勳，不過當年在學校裡，柳奕勳跟他們也沒什麼交集，大概他們也不會有興趣想知道，即使現在說了，正光他們多半也不會對柳奕勳的失聯多一點關心，只會說方崇誠想像力太豐富，該去喝一杯、睡個覺，明天就會收到道歉訊息。

到頭來應該也只是想多了吧？方崇誠其實也知道自己身在囊括全國大案的刑事局，每天看的社會事件平常人一輩子也看不到一件，更別提成為受害者的機率，說不定有妹子的是柳奕勳，等等衝到他家門口就會看到一雙漂亮的高跟鞋。

「好啊，去就去。」方崇誠終於下定決心。

「唷呼！」正光一聲歡呼。「那麼不見不散，不醉不歸！」

放下手機，一股既視感忽然湧上，方崇誠覺得彷彿一回頭就會看到穿高中制服的柳奕勳，把臉遮在課外書後面，而自己正猶豫著怎麼啟齒，就聽他先開口：「快去吧。」

方崇誠總是「嗯」一聲，就丟下柳奕勳，去赴其他任何人的約，他總是有很多人約，今天同班死黨、明天社團學弟、後天國中老友，而柳奕勳總是一個人，如果沒有跟方崇誠一起去合作社或一起放學，他就是一個人。

不過這次是柳奕勳先爽約，方崇誠因此稍微心安，況且無論他去做什麼，隔天回到教室，還是會看到柳奕勳在那裡，什麼都沒有改變。

*

關著柳奕勳的廁所第三次被小露打開，這次她拎著自己的睡衣，柳奕勳頭偏向一邊，樣子是睡了，一時沒有被開門聲驚醒，小露靜靜觀察柳奕勳胸口的起伏，確認他不是突然死掉，以前有過男人原本很有活力地亂叫亂扭，一會兒沒注意就突然不會呼吸，那次媽媽非常生氣，小露希望永遠都不要再發生。

「嗯？早安？」柳奕勳睜開眼睛，但聲音還有點未開的沙啞。

「現在不是早上。」

看到柳奕勳還會講話，小露就完全放心，轉身開始脫衣服。

「怎……怎麼了？」柳奕勳聽起來很緊張。

「沒有怎樣。」小露拿起蓮蓬頭放熱水，想一想又抬頭告訴柳奕勳。「你可以繼續睡覺。」

柳奕勳在小露抬頭的瞬間匆匆把眼睛別開，小露順著他的視線看過去，但那裡除了磁磚牆什麼也沒有，小露覺得奇怪，她想了一會兒，決定開口。

「欸，你在看什麼？」

「對不起……」柳奕勳小聲說：「我太驚訝，忘記不該看。」

「什麼不該看？」

「嗯？」雖然看不到表情，柳奕勳聽起來也很疑惑。「剛剛妳不是……脫衣服。」

小露不清楚這有什麼奇怪，她試著解釋：「這裡是浴室，我要洗澡，當然要脫衣服。」

水溫漸漸讓浴室籠上溫暖的氤氳，比起剛脫掉衣服的小露，一直裸身的柳奕動更明顯放鬆肩膀，但他還是問：「不用先讓我出去嗎？」

「沒關係，等下噴到你，我還是會幫你擦乾。」說著，小露已經開始沖洗。

「這……不……」柳奕勳本來想回什麼，但沒有出口就改變話鋒。「一般來說，洗澡通常不會有其他人在場。」

「可是我們就只能把你綁在這裡，這樣要尿尿或大便都很方便，不用再清理，每天沖幾次水就好。」

柳奕勳苦笑：「這就是我不能穿衣服的理由嗎？」

「嗯。」小露點頭。「不過媽媽也說，沒有衣服就不能跑出去。」

「出門要穿衣服才不會被人看到身體，但是現在我只要轉頭就看得到妳，這樣沒關係？」

「這裡是浴室，又不是外面。」小露知道電視上的人被看到身體會尖叫，不過媽媽說那些都是假的，不知道為什麼男人以為小露會跟假的人一樣？還是他真的有見過那樣的人呢？

想知道的話，就只能問吧？小露很少問問題，但她想這次應該沒關係，男人被綁著，就算生氣也不能怎麼樣，而且他醒來到現在不曾生氣過。

「你看過別人洗澡嗎？」

「當然沒有。」柳奕勳答得很快。

聽起來他並不討厭回答問題，小露覺得放鬆一點，雖然男人不可能打她，她也不喜歡總是被罵，或是被苦苦哀求與威脅。

「我在電視上看到有些人喜歡看別人洗澡或上廁所，甚至裝攝影機拍起來，你好像不太喜歡？」

「看人吧？」柳奕勳含糊地回答。

「是嗎？」小露關掉水，拿起肥皂，想想還是又問。「你真的有遇過這樣的人？」

柳奕勳沒有立刻回答，小露邊抹肥皂，邊確定他還在呼吸，然後才聽他說：「我想很多人都喜歡，但因為這樣做會傷害別人，所以大部分的人都不會做。」

那麼柳奕勳是喜歡的人，還是不喜歡的人呢？小露希望他喜歡，如果喜歡的話，至少不會像以前的男人這麼討厭被抓來這裡吧？

「你可以看我洗澡，因為你本來就不能離開廁所，也沒有飯吃。」

「咦？」柳奕勳沉默了一下，然後說：「我不是因為會被懲罰才不做這樣的事，我並不想傷害妳。」

小露還是聽不懂柳奕勳在說什麼，他被綁著，不可能傷害小露，而且如果不是害怕小露會生氣，柳奕勳為什麼不敢做自己喜歡的事？

泡沫隨著熱水積在柳奕勳腳邊，他扭動被綁死的腳踝，但只是把腳越弄越溼黏，小露索性把蓮蓬頭對準柳奕勳，好好把地面的泡沫沖乾淨才收手。

「好了嗎？」水聲停止一段時間，柳奕勳問。

「好了。」小露邊擦身體邊回答。

柳奕勳睜開眼睛，少女飽滿的胸脯坦裸在眼前，隨著小露擦背微微抖動，柳奕勳喉頭咕嚕一聲，立刻又閉上眼睛。

「妳不是說好了嗎？」

「我洗完了啊，不會再沖水了。」小露被柳奕勳的語氣嚇一跳，但老實講跟以前的男人比，柳奕勳這話還是算溫和，小露覺得自己反應太大，於是又補上。

「等一下幫你擦腳。」

「妳先穿衣服吧？」

「可是浴巾就在手上。」小露拎起柳奕勳的腿，柳奕勳順從地配合舉起，小露用第一次幫他洗澡的細心，連趾縫都深入擦乾。

「小露小姐？」還閉著眼睛的柳奕勳突然說：「妳問我遇過怎麼樣的人？妳自己呢？除了媽媽之外，還有哪些家人朋友嗎？」

小露不太懂，她本來就只有媽媽，沒有什麼其他的人，難道男人不是嗎？她從來沒想過男人有沒有媽媽，不過她們抓來的男人應該都是負責出去的人，所以如果男人們的生活跟小露和媽媽一樣，應該會有個女兒在家裡。

這麼說來，媽媽有一天也可能被抓走嗎？小露不記得自己有沒有問過媽媽，每天出門去哪裡，但她知道不能問媽媽問題。

「欸，你有女兒嗎？」

雖然閉著眼睛，柳奕勳還是皺眉：「我說過名字了，妳可以叫我柳先生，或者妳可以叫名字。」

「柳……先生。」小露覺得彆扭，不習慣的稱呼讓她覺得自己像電視上的人。

「謝謝。」柳奕勳短促回應。「我沒有女兒。」

小露有點失望，但她繼續問：「那……柳先生，你有媽媽嗎？」

柳奕勳沉默，小露等了一會兒，沒有聽到回答，她伸手拍男人的臉頰，男人睜開眼睛，又馬上閉緊。

「媽媽……是有。」

即使含糊，小露與柳奕勳的距離還是讓她聽得清楚，她感覺柳奕勳並不想再回答，所以也不再說話，她默默把男人的腳擦乾。

浴室中的熱氣已經消散得差不多，小露開始起雞皮疙瘩，她終於想起該穿上睡衣，她看一眼柳奕勳垂頭露出的後頸，受寒的肌膚早就縮起。

「小露小姐？」仍然閉著眼睛的柳奕勳輕喚，但小露不想回應，她匆匆穿好衣服，就走出浴室。

浴室外一片漆黑，只有主臥室門縫透出死白亮光，小露藉著這一點光線走到沙發邊，拉開揉成一團的棉被，一隻狐狸落到地上。

那是隻泛灰的布偶，上面有濃重的口水味，小露懷抱著熟悉的暖意，在沙發上捲成一團。

痠痛在放鬆的同時一擁而上，強烈的存在感讓人無法陷入睡眠，但小露喜歡這種感覺，就像她喜歡搭上媽媽的車，看著窗外後退的房子，還有各式各樣的人。

等著身體的疲憊消除前，她想到今天浴室裡的男人，男人——柳奕勳好像一點都不擔心要發生什麼，只問著有關小露的事，比起以前吵鬧的男人，小露更喜歡這樣，她也對男人講的話感到好奇。

剛剛有某個瞬間，小露以為柳奕勳能告訴她媽媽不會說的事，但她的最後一個疑問，還是得到熟悉的拒絕。

現在，小露覺得自己非常愚蠢。

12月3日

昨晚多喝兩口酒，過十一點才回家，方崇誠一早格外匆忙地出門，在警局抽空吃早餐的時候，他才順便瞄一下手機。

好像忘了什麼？

他把總是洗版的幾個家庭和工作的群組點完，突然想起柳奕勳，他的訊息已經被洗到很後面，仍然停留在昨晚方崇誠發的最後一則「我要先去吃飯了」，旁邊跟著小小的「未讀」。

「手機壞了嗎？」方崇誠小聲咕噥，雖然他明知道柳奕勳還有電腦可以用。

他決定趁現在把擱了很久的文書工作處理一下，目前他所屬的偵查大隊正在處理一件竊車集團案，等等還要跑幾個涉及轄區的分局，恐怕到天黑才回得來，跑市區還算輕鬆，跑外縣市的同事已經連續幾天超過九點才回來。

方崇誠很快拋下柳奕勳失聯的事，下午經過市立療養院才又想起，他想柳奕勳就在醫院裡面，但自己呼嘯而過的車馬上就停在兩條街外的分局。

他們進去的時候正好有個年輕女孩快步穿越，她穿著寬大的T恤和洗白的牛仔褲，一頭黑髮亂糟糟塌在肩上，方崇誠多看了一眼，就被同事肘擊竊笑：「你也太不挑，那種貨色也看。」

「不看白不看。」方崇誠嘴上應聲，腦中卻絞著自己怎麼會覺得那女孩眼熟？

「只怕看了傷……」同事突然住嘴，因為那女孩忽然折返，衝著他們直直過來。

「大哥，有人失蹤的話要找哪裡？不是偵查隊嗎？」這女孩看樣子也有二十多歲，開口就叫大哥，不知道是方崇誠兩人在她眼中真那麼有年份，還是身上的鴿子味便服也擋不住。

「小姐，這裡是分局，妳應該先找管區派出所吧？」雖然警民一家每季在宣導，面對口氣這麼衝的民眾，同事也不免帶酸。

「管區不是這裡嗎？市立療養院最近的就這間警察局了。」

關鍵字讓方崇誠警覺起來，連忙搶在就要發作的同事前說：「小姐，妳先說是什麼情況，我可以帶妳去負責的單位。」

「總算有個聽人話的。」女孩原本扠起腰，一副準備幹架的樣子，聽到方崇誠的話才放鬆一點。「我哥不見了，他就住在市立療養院那邊，我媽叫我來報案，但我才走進辦公室就被趕出來。」

「偵查隊負責偵查刑案，失蹤又不是刑案。」同事逮到機會就插嘴。

「不是刑案嗎？」女孩一臉莫名其妙，接著又突然恍然大悟。「那交通組在哪裡？」

「妳找交通組幹麼？」這下同事也沒有心吵架，只剩滿頭霧水。

「那傢伙別說女朋友沒交過，連朋友都只有半個，怎麼會有人想殺他？會不會見一定是出車禍了，帶我去交通組吧！」

方崇誠承認女孩的推論有理，在城市裡失聯，車禍是最常見的原因，但車禍被送到醫院，身上多少有些證件、手機、信用卡之類，醫院馬上就會請警察協尋家人，除非真的什麼也沒帶就出門，手機也被摔爛，不然很快就會聯絡家屬。

「我想還是先去派出所登記失蹤，這麼一來外勤的員警都會幫忙注意。」照規矩是這樣辦，但方崇誠其實說得有點心虛，所謂「幫忙注意」，大概就是臨檢看到會留意的程度，除非有刑案可能，警察不可能主動追查失蹤的人。

「好吧，派出所在哪裡？」女孩露出莫可奈何的樣子。

方崇誠注意到同事尖刺般的視線，分明暗示他趕快結束對話，但他硬著頭皮繼續對女孩說：「先確認一下，妳有帶妳哥哥的身分證件嗎？他叫什麼名字？」

「戶口名簿影本應該可以吧？我們也只有這個。」女孩打開後背包，抽出一張皺巴巴的列印紙。「他叫柳奕勳，你要先幫我登記嗎？」

方崇誠很確定自己的臉色變了，因為他感覺到同事的視線不太對勁，但柳奕勳的妹妹渾然不覺，還一臉期待地把戶口名簿影本攤到他面前。

「柳……奕萱……」

「欸？你怎麼……」柳奕萱問到一半，低頭看手中的戶口名簿，恍然大悟。「對喔，我都拿給你看了。」

「不是，我終於想起來了。」方崇誠搖頭。「還記得妳那時候大概是國中生吧？有個哥哥的同學去過妳家？名字叫作方崇誠。」

「啊。」柳奕萱張大嘴巴。「你就是那半個朋友！」

雖然有點在意什麼叫作「半個」，還在勤務中的方崇誠必須直接切入重點：「你們最後一次聯絡到柳奕勳是什麼時候？」

柳奕萱聳肩：「我也不太清楚，早上醫院打來家裡說他沒去上班，手機也關機，我媽有打電話請房東進去他的租房看看，但房間裡沒人，她緊張得要死，就叫我來報警。」

柳奕勳不在家裡，是昨天根本沒回家，還是回家後又因為什麼理由出去呢？方崇誠沒個頭緒，他也沒時間再耗下去，直接指示柳奕萱：「其實妳隨便去哪一個派出所都可以報案，先把這個程序完成，然後再連絡房東，看能不能讓妳進去房間調查。」

「調查？」柳奕萱的反應很大。「這不是警察的工作嗎？」

「不是刑案的話，警察也無法介入，自己能掌握的線索還是先盡量調查才好。」方崇誠匆匆說：「我晚一點也可以過去，快點把握時間吧！」

「喔……不然我等一下再打電話聯絡你？」柳奕萱把手機交給方崇誠。

他們交換過聯絡電話，方崇誠看柳奕萱離開，心裡稍微定一些，至少已經開始做點事，被自己延宕一晚的時間，已經開始走動。

「方快。」冷不防被身邊的同事叫喚。「你那個朋友，感覺是會搞失蹤的人嗎？」

「他的生活只有兩點一線……」方崇誠答到一半停下，就他所知，柳奕勳確實過著單純的生活，但若說柳奕勳會不會有天做出脫離這條軌道的事，方崇誠只能說，他從來就不能猜想柳奕勳下一句話要說什麼。

空蕩蕩的教室中，被課外書遮住臉的少年——定格的回憶又出現在方崇誠心中，他無法想像哪一次回頭不是這個熟悉的場景，就算見不到臉，他知道柳奕勳在那裡。

柳奕勳不會自己消失——方崇誠不知道這到底是直覺還是頑固的信念，最重要的是，他一再想起昨晚決定拋下柳奕勳的那個瞬間。

「那個……」

話還沒開口，就聽到同事嘆一口氣。

「等下這裡事情做完，你就快去幫朋友的妹妹吧。」

「啊，謝謝。」方崇誠默默決定下次一起吃中餐一定要請客。

*

前一天發生太多事情，小露翻來覆去才睡著，隔天起床得晚了，匆匆忙忙在冷吐司上塗花生醬時，小露聽見臥房開門聲。

「啊，對……對不起，早餐快要好了。」

背後沒有應聲，只有冰箱門打開又關上的聲音。

小露拿著沒塗均勻的花生醬吐司轉身，餐桌旁立著微駝的身影，斑駁灰髮垂裹乾瘦的肩膀，髮絲間伸出一雙嶙峋的手，抓著塑膠袋倒出豆漿。

「媽媽？」小露把吐司放到她面前。

媽媽點頭，雖然看不到表情，感覺心情不錯，應該很喜歡這次的男人，小露鬆一口氣，回到廚房，慢慢塗自己的吐司。

「小露。」

「嗯？」小露連忙抬頭，媽媽已經站在身邊，她的個子比媽媽小，只能仰望媽媽淡漠的臉。

「今天會晚點回來，七點前清潔就好。」

「好。」小露點頭，她突然想，媽媽為什麼要晚點回來呢？但想歸想，她只是看著媽媽喝完豆漿，留下空杯，拎著吐司出門。

慢吞吞吃完自己的吐司後，小露上陽臺澆花，雖然向東，幾乎在鐵窗上掛滿的花盆讓陽臺內側變得有點陰暗，但牆邊還是擺了滿滿一排耐陰鐵線蕨和鳳仙花，冬天噴噴水要不了多少時間，小露還是一盆盆東看看、西剪剪，耗上許久。

不久前才剛把堆肥用完，現在也沒什麼其他事好做，過兩天媽媽的畫完成，小露就可以忙著做新堆肥，但現在她只能盯著花葉發呆。

「你覺得他好吃嗎？」小露問最後一盆施肥的鳳仙花，她不知道上一個男人的名字，不過反正對花草說話不需要多作解釋。

鳳仙花當然沒有回答，小露也不以為意，繼續說：「我做得很好吧？切很碎才放進桶子裡，汁也都濾掉了，確定他的形狀完全不見才給你們吃，才不會像以前急著拿出來，還被媽媽罵。」

「可是除了我堆得很好之外，不同的男人會不會有不同味道呢？」小露轉頭問隔壁另一盆花。「就像媽媽每天買回來的菜，偶爾就會比較難吃，明明都是用一樣的方法煮。」

小露看著沉默的鳳仙花，想了一下說：「菜是田裡長的，男人應該跟我們一樣也住在家裡，可能不同家的人，你們吃起來味道也會不一樣。」

小露邊說著，還邊滿意地點頭。

「那麼，這個家裡有媽媽的男人呢？」雖然是自己提起的，小露又想起昨晚柳奕勳短暫的沉默。

為什麼唯獨那個問題，他不回答呢？

以前的男人也不會聽小露的話，但小露這次有不同的感覺，那些男人只是因為小露沒有做他們希望的事，像是把他們放開之類的，柳奕勳沒有叫小露做什麼，雖然他不斷問小露「想要」什麼，自己卻什麼也沒有說。

澆完花後，小露回到客廳，她拿起遙控器，又放下，然後走到廁所門前，白色塑膠門內靜悄悄的，沒辦法感覺到一個人的存在，小露站了一會兒，便轉身。

「小露小姐？」

背後傳來一個沙啞、微弱的詢問，隔著塑膠門板，小露還是聽得清楚，她裝作什麼都沒聽見，繼續往主臥室去。

打開房門，最先看到的就是臥室中央的無頭模特兒，空氣中還殘留白板筆刺激的氣味，鮮紅線條在死白的塑膠上滋延，爬過男性獨有的肩線，繞下收束的窄臀，直到腳踝斷面。

小露繞著無頭人形走了一圈，鮮紅線條網羅得無懈可擊，人形表面沒有一寸空白，看起來媽媽昨晚一定是迫不及待地畫到深夜，白板筆和酒精都擺在床頭櫃，緊鄰著一把手掌長的銀刃。

小露模模糊糊感覺到媽媽的「想要」。

她上完主臥室的廁所，又回到客廳，開始看電視，大部分的時候，她只是在電視前發呆，如果有什麼讓她感到熱切的事，都遺留在昨天了，但小露能做的只有等待，等著媽媽下一次帶她出門。

浴室裡什麼聲音也沒傳過來，小露想過從沙發走過去，但她動也不動，想著柳奕動沉默的瞬間。

應該是在中午過後不久，小露在沙發上睡著，迷迷糊糊醒來的時候，客廳已經是一片漆黑，她急急忙忙開燈做晚飯，但在炒最後一道菜的時候，聽到鑰匙聲。

「媽媽！」小露趕緊關掉抽油煙機，轉身看到媽媽走進客廳，把皮包放在沙發上。

「叫什麼，瓦斯還開著就專心做事。」

小露趕緊轉回面對鍋鏟，但耳朵聽著媽媽的拖鞋聲，拖鞋啪啪地靠近，小露從背脊緊上來，然後聽見廁所的門被打開。

「媽媽，妳不先吃飯嗎？」小露匆忙問。

沒有回話，小露聽見拖鞋踏進廁所，一步、兩步……

「怎麼這麼臭？」媽媽退出廁所門外，猛然關上門。「妳一整天到底在幹什麼？只會……」

「對不起！」小露關掉瓦斯爐，在媽媽還沒說完話前，就衝進廁所。

味道真的不太好，小露避開柳奕勳瞬間睜大的眼睛，低頭用力按下馬桶沖水，然後把水龍頭開到最大，噴濺的自來水不只迅速浸溼毛巾，也濺上小露的肚子，小露不顧冰冷，用力擰乾毛巾轉身扳開柳奕勳的雙腿。

冰毛巾還沒碰到肌膚，雞皮疙瘩就一一冒出來，小露什麼也不管，一個勁地搓洗跨下。

「小露……小姐。」柳奕勳壓低聲量，但還是清晰地飄盪在小露頭頂。

小露沒有理會，豎起耳朵注意門外，好像有碗盤碰撞的聲音。

「她就是……妳的媽媽？」或許是不舒服，還是氣音的影響，柳奕勳的聲音有些顫抖。

聽起來媽媽應該在吃飯，小露放鬆一點，同樣低聲回答：「嗯，她等一下就要開始了。」

「開始什麼？」柳奕勳有些急促。

「畫畫。」小露稍微大聲，明明說過很多次，說完她又擔心被媽媽聽見，停下手，豎耳細聽，直到確定還有零星碗筷聲。

她轉頭回來，發現柳奕勳的視線，嚇了一跳，這樣近的距離，幾乎看得見瞳孔溼潤的色澤，但深黑中央的光芒被混濁的眼白掩蓋，讓他明明盯著小露，又好像其實看不清楚，小露覺得他彷彿要撲上來，雖然她知道柳奕勳不可能掙脫手腕和腳踝的束縛。

「柳先生？」小露悄聲，不確定他還會不會像昨晚一開始那樣回應。

「能不……」柳奕勳突然打住，用力搖頭，才重新看著小露。「今天晚上，我還能跟妳說話嗎？」

似乎變得比較像原本的柳奕勳，但平靜中還是有一種急切，促使小露認真思考，他想說什麼呢？現在不就在說話嗎？既然還想要說話，小露想知道的事情，也可以說嗎？

「你答應我一件事。」

「什麼事？」

「告訴我，你和媽媽的事，那麼我晚上會過來聽。」

柳奕勳愣了，他的視線猶疑片刻，但很快回到小露的眼睛，點頭回答：「好，答應妳。」

小露站起來，她的工作已經完成，可以開始洗毛巾。

「小露小姐？」

「嗯？」小露回頭，見到又是那個直直望過來的表情，小露等了一會兒，但柳奕勳什麼也沒說，小露很困惑，明明問了能不能說話，卻什麼也不說，小露刻意脫脫拉拉地擰毛巾，還是等不到柳奕勳的話。

「好了。」小露低聲說，她終於還是把毛巾擰乾，掛回架子上。「不要再尿尿，媽媽很快就會進來。」

小露開門，看到媽媽已經站在流理臺前，趕緊走出浴室，回頭關門時，見到柳奕勳仍舊望著自己。

小露小心翼翼靠近餐桌，在她拉開椅子前，媽媽突然轉身，但沒有說什麼，默默回到臥房，小露自己添飯，可是緊揪的胃幾乎納不下食物，她心不在焉地咀嚼，在媽媽開門出來時又嚇了一跳。

媽媽看也沒有看她，直接走進關著柳奕勳的廁所。

一秒、兩秒、三秒……

沒有怒罵聲，小露終於鬆一口氣，嘗得到米飯甘甜的滋味，她越咬越快，三兩下就扒一口飯，覺得自己真的餓了。

肚子漸漸飽足，心也定下來，小露忽然想到忘了跟柳奕勳說，如果媽媽今晚就把畫完成，他們就再也沒機會說任何話了。

他會覺得可惜嗎？不只是不能說話，還有不能活著這件事，小露自己不想死掉，以前的男人們也都不想，但柳奕勳——小露覺得很奇怪。

＊

雖然有同事罩，等方崇誠能自由活動的時候也已經入夜，他打電話給柳奕萱，柳奕萱還在附近的便利商店等房東下班，方崇誠匆匆買一個烤地瓜，正好趕過去柳奕勳的公寓。

柳奕萱從來沒來過哥哥的租屋處，反倒是方崇誠熟門熟路，開門就是他們平時聚首的迷你客廳，桌上只有柳奕勳的筆電，和幾疊英文的列印文件。

「喂！在家嗎？」柳奕萱站在門口叫，屋子裡空盪盪沒有回應。

方崇誠直接踏進門，一房一廳的格局可以直接望過小廚房和後窗，方崇誠操起窗臺上的衣架，左手打開浴室。

裡面沒有人，柳奕萱從方崇誠背後湊近，方崇誠揮手示意她退後，然後去開臥房的門。

還是沒有人，單人床上躺著孤伶伶的枕頭和棉被，分不出是何時睡過的痕跡，房間裡還有一個塑膠衣櫥，方崇誠一口氣拉下拉鏈，衣櫥裡掛著幾件襯衫，當然沒有人躲在裡面。

「不在家嘛。」柳奕萱毫無不意外地說。

至少柳奕勳不是在家裡怎麼了沒人發現，方崇誠不太確定這個念頭到底是該安心還是擔心，他心裡有太多慘劇的備案，從車禍到過路殺人魔。

「看看他的背包在不在。」方崇誠說：「不在的話，最早可能昨天下班就失蹤了。」

「進門就沒看到什麼背包，大概不在吧？」柳奕萱走出臥房，在沙發坐下。

方崇誠重新檢查廚房，也沒有看到柳奕勳的背包，這麼一來車禍送醫找不到家屬也不可能，因為別的證件不說，他至少會帶醫院的識別證。

回到客廳，方崇誠把念頭打到桌上的筆電，他在開機密碼試了原廠的「0000」、柳奕勳的生日，最後猜中的是柳奕勳的高中學號。

「看電腦做什麼？」沙發上的柳奕萱沒有探過頭。

方崇誠沒有回答，他打開瀏覽器，歷史紀錄停留在前天晚上，或許代表柳奕勳昨晚沒有回家。

電腦自動登錄通訊軟體，顯示出好幾則未讀訊息，有些同事群組、家族群組什麼的，亮了幾十則紅燈，但私人對話就只有「方快」這一個。

方崇誠曾經想過柳奕勳是不是手機壞掉，或故意不讀他的訊息，這裡面最後一則已讀訊息是昨天下午四點多傳來的，五點之後的通通是未讀，照理說電腦端和手機端的訊息紀錄會同步，難道柳奕勳真的整整一天都沒回家，卻也沒用過手機嗎？

「誠哥。」

方崇誠愣了一下，才意識到柳奕萱在叫自己。

「你用不著這麼認真找我哥，反正我也已經報案，夠跟我媽報備了。」

「妳……」身為警察的立場讓方崇誠斟酌著開口。「報失蹤是報了，但這還不算刑案，如果我們現在的調查發現……」

「誠哥，我一開始就說了，我哥那個人不會有人有興趣傷害他，沒有關係就沒有仇恨，對吧？照這道理，世界上唯一可能想殺他的，只有我媽了！」

方崇誠看著大剌剌半倒在沙發上的柳奕萱，一時無話可說，他也希望柳奕萱說的對，但作為柳奕勳的「半個」朋友，又很想反駁。

「至少我們再看看車庫，如果他的車不在，我還能請交通隊的朋友幫忙注意。」

「去吧。」柳奕萱從沙發跳起來，把房東給的備用鑰匙交給方崇誠。「這先給你保管，我也要回家了，不然火車到不曉得會幾點。」

「妳不也去看看嗎？」方崇誠對著柳奕萱的背影叫。

「看了也沒用，他不會讓我們找到他的。」柳奕萱在關門時回頭。「啊，你知道他的車牌號碼嗎？家裡好像有牌照稅的帳單，我請我媽查一下再傳給你。」

「等等！」方崇誠一箭步攔住柳奕萱。「妳就這樣把鑰匙給我？我們今天才認識欸！」

「我們不是十年前就見過面嗎？」柳奕萱聳肩。「再說你人就在這個城市，到時候自己還給房東就好。」

「妳還真是……」方崇誠一時連形容詞都想不出來。

「既然你朋友都當到願意花這麼多時間找我哥，還個鑰匙不至於太麻煩吧？」

「朋友，妳不是說我只是半個嗎？」方崇誠順口酸一句，他原以為柳奕萱會馬上改口說只是開玩笑，想不到她卻一臉正色。

「你難道不覺得嗎？無論跟我哥講過多少話、一起行動多久，他永遠像只有半個人在你身邊。」

方崇誠不知道怎麼反駁，他其實對這個粗魯的妹妹表現出的洞察有點意外，可是他不想在這時說出肯定柳奕萱的話。

「我走啦！」柳奕萱也沒多給他時間，直接關上方崇誠眼前的大門。

方崇誠呆站在剩下他一人的公寓裡，時間緊迫，但他不想緊跟著柳奕萱的腳步離開，他想起下午同事問柳奕勳像不像會失蹤的人時，方崇誠明明想不出柳奕勳可以去哪，卻說不出肯定的話。

但方崇誠還知道一點，此刻急迫要找出他的心情，多少帶著負疚——再一次選擇其他朋友的負疚。

——這大概就是半個朋友吧？

方崇誠對柳奕萱再度命中感到討厭，他使勁轉開鐵門，搭電梯往地下室去。

憑著記憶在地下室轉一圈，沒看到像柳奕勳開的車，方崇誠徒步由車道走出地下室，柳奕勳的行蹤在他腦中重組。

柳奕勳到昨天早上為止還有正常去上班，下午預定要去市郊的療養院開會，但不知道實際上有沒有出現在那裡，方崇誠不曉得醫生開會要不要點名？但按照已讀訊息的時間來看，至少在會議開始的時候，柳奕勳還在能夠自由使用手機的狀態，方崇誠不認為開個會可以讓人失蹤，所以最可能發生狀況的時間點是在柳奕勳開完會、離開療養院，到他抵達公寓之前的這段路上。

柳奕萱雖然不太管哥哥死活，倒是說到做到，很快就傳車牌號碼過來，方崇誠撥通電話給交通隊的小劉，拜託他留意這個號碼，然後就決定回歸搜查的基本面——實地走一遭。

＊

小露蹲在塑膠門前，底下是毛被踩禿的腳踏墊，通風板透出幾條光線。

她靠在門框，耳朵捉到飄出門縫的微聲，似乎是源自喉嚨深處的低鳴，不存在意志，完全生物性的聲響。

聲音是間歇的，伴隨抽氣作為起始，或許喉嚨在吸氣後試圖緊閉，但還是徒勞，洩出斷斷續續的哀吟。

這是口腔被塞滿的聲音，小露十分熟悉，但就算箝制住嘴，人還是有辦法用喉嚨發出更響亮的聲音，只是這個男人彷彿打從一開始就不願做任何反應，呻吟純粹是生理使然。

小露壓低身子，把眼睛探到通風板的隙縫，但儘管她拚了命沿著塑膠板的角度朝斜上看，還是只能見到上一層的塑膠板。

小露恢復蹲姿，一時有點頭暈，她沒有放棄，扶著門框站起來，等眼前的黑星消去，便從餐桌邊搬來一張椅子。

廁所上方另外開一道氣窗，是一般人不可能看得進去的高度，矮個子的小露就算站上椅子，也要踮起腳尖，才能平視。

氣窗的毛玻璃是關著，但隱約看到月牙鎖沒旋上，小露緩緩推開一道窗隙，往廁所裡窺看。

她見到一條不經晒的胳膊，細密的紅線綿延蒼白的皮膚，線上凝著斷續的血珠，當肌膚壓陷時，便倏然墜落，而壓陷肌膚的刀尖劃下另一條帶血珠的紅線。

那是一把解剖刀，專門設計用以割開表皮，能在堅韌而頑強的畫布上，劃出毫不遲疑的線條。

當刀尖進入皮膚，鮮血迅速淹沒銀光，隨即靠近的純白纖維吸走血漬，刀刃趁機下探，劃到奶油色的皮下組織露出，重新湧出的鮮血再次淹沒傷口。

刀尖深入同時，柳奕勳顫抖，這是他所能做出最大的動作，彷彿被一把細小的弓拉奏的巨大提琴，顫抖伴隨斷續的嗚咽。

小露的腳板已經撐不住，只得暫時踩回椅面，但她仍舊站在椅子上，她知道媽媽怎麼畫畫，但這是第一次看，以前她總是把電視開到最大聲，蓋住男人的噪音。

小露想著柳奕勳看她的最後一眼，然而她再一次踮高腳尖，還是只能見到男人的黑髮，與露出髮梢的脖子，泛著紅暈與薄汗，肌肉的線條隨著刀尖的節奏繃緊。

以前有過一兩次，明明還沒畫完，男人就已經沒辦法動，然後媽媽就很生氣，小露不知道媽媽為什麼要生氣，明明不會動的男人比較好畫，但她也沒想過要問媽媽原因。

至少，柳奕勳現在還隨著媽媽的刀尖顫抖，顫抖的樣子跟所有的男人沒有兩樣，所以這一次，應該也會照常完成吧？

小露把椅子歸位，腳已經太疼了，她沒辦法站到媽媽畫完，而且也到了該睡覺的時候。

拉上棉被，血色仍然在眼簾後延展，若有似無的聲息穿過廁所塑膠門，當小露豎起耳朵時，又彷彿幻聽，她翻了幾翻，把狐狸在身體兩側挪來挪去，始終覺得不舒暢。

最後，她把狐狸塞到沙發底下，身上的棉被塞進大腿之間，用力夾緊。

*

寒意隨著機車的速度透入方崇誠的夾克，還在忍受的範圍，但他在洶湧的車流許可下，盡可能放慢車速，觀察一路景物。

機車穿過霓紅閃爍的鬧區，進入舊城時開始飄雨，起初夾克與安全帽就能抵擋，不久雨點就大到路上騎士紛紛停車拿雨衣，方崇誠在夾帶雨絲迎面襲擊的風中過河，覺得滾泥般的河水在這個夜晚吞下兩三個人也不奇怪。

一路都沒有看到熟悉的亮黃色禁止進入塑膠條，但過河後一連出現幾處修路的三角錐，雨水打下飄揚的砂塵，空氣中盡是泥水的氣味，方崇誠屢次停車問修路工人這兩天有沒有事故，得到的都是搖頭。

夜空越來越廣闊的時候，右首出現灰暗的河濱，在雨中一片沉寂，方崇誠的車速在無人的省道上越來越快，一路不見能讓他留心的標的，河水是一般地黑，隨時都能讓誰消失在雨夜中，也無從找起。

療養院的白色建築在遠方坡上出現，在暗夜中存在感異常清晰，方崇誠催動油門，直衝上半山腰的公有停車場。

機車停在路邊白線，方崇誠震了一個多小時的手心發麻，往療養院還有一段上坡路，他決定先巡一巡停車場。

雖然開放空間不好監視，方崇誠還是注意到閘口裝有監視器，必要時就能調閱畫面確認柳奕勳是幾點離開停車場。

他看到幾輛白色三稜，但不期望會有柳奕勳的車號，所以當他見到那個默記心中的號碼時，一時愣在雨中。

一會兒後，方崇誠掏出手機，不顧滿手的雨水，把柳奕萱傳來的車號拿出來對照。

HAZ - 3389，一字不差。

方崇誠衝到駕駛座旁，拿手機的手電筒往車窗裡照，裡面沒有人，柳奕勳的背包也不在。

各種可能性相爭浮出方崇誠腦海，要嘛柳奕勳沒有離開過這山坡，還在療養院裡，或是山路上其他建築，方崇誠上來路上沒看到幾間房子，再過去大概也不多，真要調查並不困難；另一個可能是，柳奕勳搭了別的交通工具下山，公車、計程車或別人的私家轎車，原因可能是車子壞掉，但方崇誠現在無法證實，而且也不能解釋柳奕勳下山後為什麼沒有回家？

似曾相識的感覺忽然籠上方崇誠的思緒，空車、停車場、失蹤的男人，他有經手過這樣的案子嗎？被他經手過的，不都是刑案嗎？到底是幾時？在哪裡？有過類似的事件發生？

雨帽上無止盡的滴滴答答讓他越聽越煩躁，暴露在雨水中的指頭發凍，塑膠雨衣內側卻汗溼蒸騰，回憶越是急切越是渺茫，他的腦海中有個地方警局的老員警，但想不起來是在什麼管區遇上，也對現場沒有印象，方崇誠開始產生僥倖的念頭，或許這不是他經手過的刑案，不過是哪次跟前輩閒聊聽說的軼事。

——如果這真的是連續殺人，那個人感覺膽怯、謹慎，控制所有的事。

幾乎像是聽見柳奕勳的聲音，方崇誠心底一震，徒勞地四下張望，夜雨之中別說人，車燈也沒有經過，這是記憶中聽柳奕勳說過的話，像是以此為契機，那一日的景象在方崇誠腦海中甦醒，可能是在幾個月前，天氣還沒開始涼的時候，他們為了其中一個案件的細節，到縣警局調閱資料，接待他們的老員警好奇地問了不少關於研究計畫的事，然後忽然便說：「其實我曾經遇過一個事件，雖然從來沒有真的展開調查過，但我還是有種奇怪的感覺，覺得說不定是刑案。」

「什麼樣的事件？」方崇誠理所當然地順著發問。

「失蹤事件，大概七、八年前，我還在分局的時候，有一次值班接到民眾報案，是一個三十出頭的男人，早上開車出去海釣，一天一夜都沒有回家，家人往他那天去的地方找，在停車場發現他的車，漁具在車上，還有臭掉的魚，但人不見了，他老婆哭哭啼啼，但我們怎麼可能相信夫妻感情很好、不會外遇這種屁話，只是男人如果想逃家，為什麼還真要釣完魚才跑？釣了也不帶走，把漁具收得好好，怎麼不留在海邊？還可以裝作落海失蹤。」

「確實有點怪，但還不足以展開調查吧？」方崇誠隨口應和。

老員警搖頭，繼續說：「我自己那時也不當一回事，後來又過了幾年，我剛升調縣警局的時候，遇到另一個管區的失蹤事件，失蹤的也是個三十歲左右的男人，他是貨車司機，半夜載貨北上，因為貨沒到才去找人，發現那輛貨車停在休息站的停車場，人也不見了。」

「如果是高速公路休息站的停車場，應該會有監視攝影機吧？」方崇誠馬上反射提問。

「很可惜，因為這個事件，才發現那間休息站的監視器設計不良，會有死角，可見得不管是他自己失蹤或被誰怎麼樣，應該都是計畫過的行動。」

「當日預定的行程都確實執行，卻留下車子消失，如果是自願失蹤，就顯得太從容不迫。」柳奕勳難得加入警察們的對話。

「你覺得這可能會是連續殺人事件嗎？」方崇誠好奇不是刑警的柳奕勳會有什麼想法。

「搜查我是外行。」柳奕勳聳肩，不過接著又小聲說：「如果這真的是連續殺人，那個人感覺膽怯、謹慎，控制所有的事。」

「後來我有次跟分局的老同事聚餐，聊到這兩個事件，就有個調去其他分局的同事說，他在那裡也遇過類似的情況，不過那時候我顧著說自己的經驗，已經不記得他當時講的細節了。」

當初的方崇誠並不明白老員警的扼腕，只是隨意點頭，現在他體會到了，如果能記下老員警說過的分局是哪裡就好，三個相似的事件，如果能夠跟這次事件比較細節，就更能知道到底有沒有可能跟柳奕勳的失蹤有關。

——當日預定的行程都確實執行，卻留下車子消失……

那時候柳奕勳的神情看起來相當認真，如同他每次讀研究個案的資料，無意間瞥見這個神情的時候，方崇誠總是會想，不像單純滿足於完成任務的自己，柳奕勳是真心想要知道些什麼。

這份好奇會跟他的失蹤有關嗎？當他失蹤的時候，有沒有回想起曾經說過這句跟現場情形一模一樣的話？

方崇誠在雨中轉了停車場一圈，他知道這個程度的雨水會沖掉大部分的線索，現場沒有發現血跡，菸蒂不少，也有飲料罐，但在公共場所發現這些都無法證明什麼。

到底柳奕勳是被強迫或自願丟下車離開？電腦裡的通訊軟體中並沒有見到約見在這裡的訊息，但這年頭有太多方法聯絡一個人，沒辦法輕易斷言。方崇誠腦中逐漸歸納出兩個搜查方向：柳奕勳的交友情況和停車場失蹤事件。

前者是每個案件搜查的基本，但方崇誠與柳奕勳有交集的高中三年，印象中並沒有其他和柳奕勳常來往的朋友，而他的妹妹顯然也不知道柳奕勳的其他人際關係，沒有刑警的身分，方崇誠現在對這個方向無從著手；後者看似茫茫大海，至少方崇誠還有遍布四海的老同學，連相熟的學長、學弟一起拜託，北部城市的失蹤者紀錄應該都能查到。

就這樣辦吧！方崇誠當機決定，拜託也好，請求也好，他還有信心自己這張臉的人情能動員幾個人，這是他欠柳奕勳的，昨天——還有至今以來——撇下柳奕勳的債，方崇誠在心裡承諾，這次他一定會償還。

12月4日

小露聽到水聲，她睜開眼睛，看到沙發的麻布花紋，電視停留在ＭＯＤ的選片畫面，牆上時鐘顯示一點十分。

水聲來自廁所，小露揉揉眼睛，伸了懶腰，從沙發爬起來，腳下絆到一隻髒兮兮的狐狸玩偶，她撿起狐狸，嗅到發灰的絨布上熟悉的口水氣味，然後把狐狸塞回被子裡。

水聲停了，廁所門打開，媽媽見到杵著的小露，搖搖頭，留給她開敞的門。

走進去是淡淡的腥味，地上血絲蜿蜒往排水孔，大半已經乾涸，沿著暗紅的路徑爬上寂靜的軀體，精緻的花紋被恣意擴張的血漬破壞，尚未著筆的畫布也被波及，柳奕動垂著頭，浴室中唯一的動靜是他淺淺的鼻息。

雙臂到肩膀已經完成，延伸整片胸前，再往右腿蔓延，在小腿肚上突然中斷，目測大約是一半的進度。

小露拿起蓮蓬頭，柳奕動瞬間抬頭。

他們四目對望，小露的手還懸在空中，她可以繼續動作，但移不開眼睛，同樣是盯著，和幾個小時前，不知道有什麼不一樣了？

嘴巴裡塞進毛巾，這個小露很清楚，但不是，真的要說，或許是一種隨時會逃走的感覺，但這個感覺瞬間就消失了，小露眨眼，看到的仍然是被綁在馬桶上的男人，眼神平和地望向她。

小露猶豫一陣子，把蓬蓬頭放回去，伸手拉出柳奕勳口中的毛巾，黏稠的唾液隨之牽出，柳奕勳試圖吸氣，但只發出乾澀的聲音，白沫還是沿著嘴角流下。

「你要說什麼？」小露低頭問。

柳奕勳垂下眼睛，小露慢慢蹲下，仰頭窺看，柳奕勳的視線轉來，一會兒沙啞地說：「妳……覺得我……要說話？」

「你不是問我還能不能說話嗎？」小露覺得莫名其妙。「但又什麼都沒說。」

柳奕勳無聲嘴角動了一下，小露遲半拍才想到那或許是微笑。

「方便的話……先喝水……可……」柳奕勳沒把話說完，小露已經聽得出他的勉強，她從來沒有給男人喝水過，雖然也沒道理不行，只是沒有必要。

最後小露決定用自己的杯子給他喝水，為了怕嗆到，她用很慢的速度傾斜，柳奕勳在仰起脖子時皺著眼睛，好像在忍耐。

喝完水，柳奕勳恢復垂頭微喘，小露站著等他，好一會兒後，柳奕勳慢慢抬頭，臉上還是看得見牽動傷口的苦處，但沒有改變他望向小露的眼神。

「妳後來還好嗎？」柳奕勳的聲音還是比較弱，但已經順暢許多。

「我怎麼了？」小露一片茫然。

「妳媽媽第一次進來的時候，聽到她在罵妳。」

「喔。」小露沒有想到柳奕勳那個時候在聽。「她今天忙著畫，沒空打我。」

柳奕勳的臉變得僵硬，甚至連痛楚都消失，他躊躇幾次，才終於說：「妳原本怕她會打妳嗎？」

小露點頭，又補充：「也可能是不讓我吃飯。」

「通常是什麼時候會被打或吃不到飯？」柳奕勳很認真地問。

小露不明白，這個男人就連媽媽會不會殺死他都不曾問過，卻想知道自己什麼時候會被處罰，但還是回答：「事情沒有做好的時候，也有些時候是不能穿衣服，通常是冬天。」

「事情……像是幫我洗澡之類？」

「對，不過要處理男人的事只是偶爾，大部分時候就是煮飯、洗衣服、打掃那些。」

「這樣啊。」柳奕勳原本想點頭，但吃痛打住動作。「妳的爸爸呢？也會這樣處罰妳嗎？」

小露搖頭：「我沒有爸爸。」

「喔。」柳奕勳沒有太訝異的樣子，隨口又問。「過世了？還是跟媽媽分開了？」

「我本來就沒有爸爸。」小露再一次說。

柳奕勳眼神游移，一時像是不知如何是好，嘖了幾聲才說：「每個人要出生一定得有爸爸，就算妳從來沒見過，也沒聽媽媽講過，還是有爸爸。」

「為什麼？」

柳奕勳愣了，好不容易深吸一口氣回答：「這要解釋起來有點長，反正就是要兩個人才能生小孩……這妳應該知道吧？」

小露有點遲疑，她知道電視上的人懷孕都會有一個「爸爸」，不過電視都是假的，但她聽到柳奕勳反問時，好像所有人都該知道的口氣，就只想回答：「當然知道！」

柳奕勳吁氣，終於放鬆一點：「所以，跟媽媽一起懷下妳的人，妳從來沒聽說過？」

前面已經逞強說知道，現在小露不知道該不該點頭，她還是覺得自己本來就沒有爸爸，但如果承認柳奕勳的話，自己就必須有爸爸。

「那你的爸爸呢？」小露反問。

「已經過世了。」柳奕勳答得很快。「在我剛上國中的時候，突然病倒，當天就走了。」

原來柳奕勳真的有爸爸，小露很洩氣，真的不該以為男人們會過著跟她們一樣的生活，但她還沒有放棄，繼續問：「你爸爸跟你和媽媽都在的時候，誰負責出去？」

「負責出去？」

「不是都會有人負責出去，有人在家裡嗎？」

「喔。」柳奕勳看起來有些遲疑，但還是說：「我媽媽是家管，只有我爸爸出外工作。」

好險還是有一樣的地方，小露安心一些，點頭又問：「所以爸爸死掉之後，變成你負責出去嗎？」

柳奕勳垂下眼睛，小露認出這是他昨天沉默時的表情，他也跟媽媽一樣，不能說外面的事情嗎？

「我答應過要告訴妳，我和媽媽的事情吧。」柳奕勳低聲說：「要說變成我負責出去，好像也沒說錯，雖然我那時還得先唸書，不過在媽媽心裡，早就認定我該負責爸爸的工作吧？」

小露在柳奕勳的聲音中抓到細微的顫抖，但臉色很平淡，彷彿對於自己的媽媽比小露的事情還要不在乎，小露再度感到不協調，試著又問：「如果你媽媽也死了，那你會怎麼辦？」

柳奕勳的眼睛倏地轉向小露，小露心口一震，瞬間以為他要撲上來，但還沒來得及反應，又發現柳奕勳的樣子靜下來，緩緩移開視線。

「我不知道。」他悄聲回答。

小露盯著柳奕勳，想找回剛剛那個瞬間的痕跡，但他的神色毫無變化，好像方才的緊繃不曾存在，這個男人一直都這麼平靜。

幾秒鐘後，柳奕勳揚起眼睛看小露，和聲說：「如果爸爸在的話，大概就不一樣了吧？」。

小露在他的瞳孔中只看到自己的疑惑，順著話頭問：「他在的話又會怎麼樣嗎？」

「我爸爸……他問我想做什麼的時候，是真的想知道，並不是在等我說出他希望聽到的答案。」柳奕勳想聳肩，但馬上就皺眉停下。「我不知道妳爸爸是怎麼樣的人，如果他是會聽妳的想法的人，或許在妳沒有達成媽媽要求的時候，不會只是處罰妳吧？」

「不處罰嗎？」小露被柳奕勳的話吸引，她當然不喜歡被處罰，但做錯事被發現的話，怎麼可能沒有處罰呢？

「嗯。」柳奕勳似乎克制住點頭的動作。「當別人做出你不希望的事情時，真正重要的是，為什麼他決定這麼做？知道理由後，才能討論怎麼讓彼此相安無事。」

如果媽媽知道不想踏入浴室的理由——小露想到一半就打住，媽媽不可能想要知道，就算知道了，也沒有別的作法。

「我必須乖乖聽媽媽的話，這樣就會很好。」

柳奕勳看著小露，專注得好像已經忘了滿身傷痕，視線彷彿有揪住小露的力量，讓小露移不開目光。

「確實。」柳奕勳突然回答，但他的視線動也不動，久久後又說：「不過世界上應該還是有人，不需要妳只是裝出他期待的樣子。」

假使小露的媽媽是別人，日子會跟現在不一樣嗎？

「媽媽又不能換。」小露站起來，但柳奕勳的視線並沒有追上。

「嗯，但妳或許還有爸爸。」

如果可以的話，小露希望爸爸每天都讓她一起出門，無論如何都不會處罰她，但她很清楚這是不可能的事。

「雖然我沒有小孩，但我想如果你的爸爸還是在世界上某處，也許他一直在找妳。」柳奕勳頓了一下。「有時候媽媽不喜歡爸爸，就會不讓小孩知道爸爸的事，也不讓爸爸有機會見小孩。」

媽媽確實什麼事都不會說，小露也不可能問她：「我有爸爸嗎？」

「妳覺得呢？」柳奕勳抬頭望向小露的瞳孔，這個動作應該是會痛的，柳奕勳肩上的傷口又開始流血，但他只有稍稍凝眉，視線沒有離開小露的眼睛。

「問我幹麼？」小露其實聽不懂柳奕勳想問什麼，但她覺得這樣看起來很笨，所以裝作媽媽平時對她的問題生氣的樣子。

不過柳奕勳好像一點都不害怕，仍舊看著她回答：「如果妳也想找爸爸的話，我有個同學專長就是調查。」

小露鬆一口氣，還好柳奕勳自己說出來，但她不確定這是不是真話，柳奕勳似乎藏著什麼，某些表情總是很快從他臉上消失。

「你同學會調查，我還是不會知道。」

「你可以打電話給他。」柳奕勳的笑容消失，很認真說：「妳們有我的褲子，裡面就有手機，通訊錄裡找得到一個叫『崇誠』的人，他會幫妳。」

小露沒有說話，也沒有點頭或搖頭。過了一會兒，她重新拿起蓮蓬頭，沖向乾涸的血跡，水流過的地方，柳奕勳縮起腳，但拘禁的局限讓他只能勉強把腳底懸在薄薄的水面上上，右腿的血痕在扭曲中再度滲溼，暗紅蜿蜒混入腳底的水流。

血漬已經被水流沖得差不多，小露沒有理會凝結柳奕勳身上的血塊，放下蓮蓬頭，翻開自己的上衣。

「啊。」

聽到柳奕勳的聲音，小露才想起來補充：「我要洗澡了。」

柳奕勳已經閉上眼睛，像是打瞌睡的姿勢，小露本來想說其實沒關係，但看到他的樣子，又覺得不要說話比較好，於是小露靜靜洗澡，一邊觀察柳奕勳的呼吸，但他看起來不太安穩，小露想了很久，覺得是呼吸聲不同，一陣一陣地粗重急促。

「痛嗎？」小露問。

「咦？」柳奕勳沒有睜開眼睛，但聲音明顯訝異，他緩了一會兒，才回答。

「很痛，尤其是動的時候。」

「嗯。」小露點頭，至少在痛的方面，柳奕勳跟其他的男人都一樣。

實在愛睏了，小露很快洗完澡，要回沙發上繼續睡覺，但在她打開廁所門的瞬間，又聽見「謝謝」。

「欸？」小露在跨過門檻前回頭，柳奕勳還是低頭閉著眼睛。

「很多事……」他悄聲，也許是聲音又漸漸喑啞，柳奕勳沒有再多說。

「喔。」小露走出浴室，關好門後，她才想起來電視上的人都回答「不客氣」。

*

二十四小時通明的日光燈箱前，方崇誠愣了一會兒，還是挑出習慣綠瓶啤酒，結帳之後，他坐到便利商店外的玻璃圓桌，菸蒂從菸灰缸滿到蒙著灰塵的桌面，他靠在應該也是滿滿灰塵的椅背，扳開鋁罐。

清涼的氣泡沒有驅散凌晨兩點的疲憊，只讓方崇誠在夜涼中一陣哆嗦，十點多打完電話之後，他就埋頭在局內的資料庫，陸續有學長、學弟或同學回傳搜尋失蹤事件的結果，方崇誠攤開一張臨時買來的臺灣地圖，標註上每一次事件的地點和時間。

每一次回傳的訊息，都讓他振奮一下，但隨著地圖上的標記越來越多，他反而覺得茫然，目前為止總共十五件，最早的事件是在二十二年前，由時間順序來看，二十年前左右的幾個事件都在這個城市或近郊，後來臨近的鄉鎮反而比較多，但分布還是以這裡為中心，如同柳奕勳一樣，他們都消失在很偏僻、需要車輛才方便抵達的地方，而且失蹤者的身分三教九流，唯一共通點就是，他們都是年約二十到四十歲之間的男性。

如果這些事件真的有關聯，可以推測得出，不管自願或非自願，必然有個人或團體，長期在接應這些失蹤的男人，然而就是這個接應者，還是沒有其他線索。

過了凌晨一點，幾乎不再有新訊息回來，方崇誠自己的搜尋也沒什麼結果，只讓盯著螢幕的眼睛越來越痠，他終於決定用口渴當藉口，離開座位一陣子，於是來到局外的便利商店。

靠著又硬又冰的不鏽鋼椅背，方崇誠閉上眼睛，資料庫的畫面馬上又浮現黑暗中，他重新睜開眼睛，望著面前久久才一輛車經過的馬路，思緒又回到那個下著雨的停車場，以及很久很久以前，被他無意間記下的話。

——膽怯、謹慎，控制所有的事……

柳奕勳會知道，當初他講的話，如今被當作找出他自己的線索嗎？方崇誠設想一個膽怯而謹慎的人，要怎麼去抓一個三十歲上下的健康人，也許是用下藥拐騙，但他很難想像柳奕勳有什麼理由在一個荒郊野外的停車場接受陌生人的飲料，又不是酒吧夜店；再來就是偷襲，通常的作法可以重擊頭部，或是用一些違反管制的武器，譬如槍、警用電擊棒……等，這些失蹤事件大部分都未經刑事調查，但其中幾起被調查過的，現場不曾發現彈殼或其他開槍的痕跡，甚至連血跡都沒有發現。

要不是柳奕勳不見了，方崇誠大概會猜這是什麼新興宗教引渡人去修行了，但柳奕勳的話……

方崇誠想起很久以前發生過的事，他們在火車站前被兩個拿聖經的大姊姊——對當時的他們而言是姊姊——纏住，費了一番工夫才掙脫。

「真是煩死了，我有叫上帝創造我嗎？如果被創造就要乖乖聽話，大家都聽老媽的就好啦！」等到走遠後，方崇誠忍不住抱怨。

「你媽也是上帝創造的喔，照她們的邏輯。」走在幾步前方的柳奕勳不惱不火地說。

「恁阿嬤咧！」方崇誠自認雙關，嘴角彎起，口氣也回復比較和緩的嘀咕。「不是說西方比較民主自由，怎麼宗教反而這麼獨裁？什麼事都歸上帝管，信教之後好像除了祈禱什麼都不用做了。」

「如果世界真的沒有超乎一切的主宰，你覺得人就是自由的嗎？」

方崇誠一愣，他看向柳奕勳依然不急不徐前進的背影，到現在同班已經兩年多，對這些沒頭沒腦的話也算上習慣了，反正橫豎還是搞不懂，用不著多認真思考。

「人應該要是自由的吧？天賦人權，不是嗎？」

「那麼自由還是上帝賦予人的喔。」柳奕勳隱隱含笑。

「不是啦！」方崇誠連忙辯解，也許是當時跟柳奕勳戰多了，反應快到現在的方崇誠覺得自己越活越笨。「天是天然的意思，不是什麼神，人生下來就有自由的權利，這樣才對吧？」

「這樣說好了，現在我們要去買蔥油餅，你覺得我們是自由的嗎？」

方崇誠覺得莫名其妙，他照實回答：「我拿我的錢去買蔥油餅吃，又沒人拿槍指著我。」

柳奕勳繼續問：「如果我們到了之後，發現蔥油餅的攤子沒出來擺，所以決定吃隔壁的烤地瓜，那麼我們的決定還是自由的嗎？」

「自由又不是就能完全隨心所欲。」方崇誠覺得這次自己一定會戰贏。「我總不能因為現在跳起來，一定會掉回地面，就說自己不自由吧？」

柳奕勳點頭：「這是物理的限制，確實不可能超越，但是在物理之外呢？」

「我也不可能強迫老闆出來擺啊，這樣就侵犯她的自由了。」

「嗯……」柳奕勳似乎在思索，方崇誠格外喜歡這個時候，在他來看，柳奕勳是個聰明的人，不是說學校成績，雖然他確實總是排前幾名，而是他有時會說出一些奇怪卻不好反駁的話，讓人懷疑他的思考究竟是什麼形狀？方崇誠常常想用常識扳倒這些想法，但幾乎總是自己講到亂套，難得柳奕勳必須停下來思考的時候，讓方崇誠覺得有種勝利感，但同時又有點期待柳奕勳接下來還會說出什麼。

「假設，我們出生在一個沒有蔥油餅的地方，從小到大都沒有看過蔥油餅，那麼即使今天蔥油餅攤有開，我們心中也不會有『去買蔥油餅』這個選項。」

「這跟物理限制差不多吧？」方崇誠立刻反駁。「人生在哪裡就會養成那裡的生活習慣，如果我生在美國，就不可能跨過太平洋，過臺灣的生活。」

「對，所以我們當下的選擇，跟我們至今為止的人生都有關，也跟影響我們人生的一切事物有關，只要我們還生在社會之內，就不可能是自由的。」

方崇誠突然覺得有點暈，像是猛地被倒頭栽，世界的視角變得很奇怪，身體也彷彿不再確定是自己的，這是他最討厭的狀況，方崇誠逼自己去想等下要吃的蔥油餅，卻只覺得反胃。

有點像是現在的感覺。

在便利商店外的方崇成睜開眼睛，他想不起來當年這段對話是怎麼收尾，也不打算再想下去，但忍不住去想，如果人的選擇不可能自由於自身經歷之外，是不是昨天晚上正光會打電話邀他續攤就是他們交情的必然？而他會選擇這群老同學聚會，不去找柳奕勳，是不是也是身為方崇誠活了二十八年形成的必然？

快節奏的沙啞男音伴隨電吉他響起，方崇誠被自己的手機鈴聲嚇了一跳，摸了好一會兒才接通。

「學長，你睡了嗎？」

方崇誠認出這是在市警局的阿邦，是警校時代小他一屆的學弟。

「還早，你有查到什麼嗎？」

「你說單獨的壯年男子失蹤，我其實沒有找到欸。」阿邦聽起來有點猶豫。

「不過有件有點像的失蹤紀錄，不知道算不算？」

「是嗎？你查了幾年的資料？」方崇誠有點失望，他原本以為阿邦是查太久，才會這麼晚打來，如果真的查很久還沒有找到，那就沒希望了。

「三十年。」阿邦回答。「這樣應該很夠吧？」

方崇誠不得不承認，只好問：「那你說很像的紀錄是怎樣？」

「喔，那是在十七年前，發生在我們那邊廢棄的華晶商場，當時候雖然還沒廢棄，但已經沒什麼人去了，有天晚上一個年輕爸爸帶三歲的女兒去商場，卻遲遲沒有回家，後來去找就像你說的，車子留在賣場地下室，車上有當天買的東西，但兩個人都不見了。」

「兩個人？」方崇誠摸不著這個事實的意義。

「因為涉及兒童失蹤的緣故，有調查了一陣子，但他的車正好停在監視器死角，人際關係也沒什麼線索，後來還是不了了之。」

「聽起來真的很像我要蒐集的案子，除了那個小孩。」

「不然我先把編號給學長吧？你再看看有沒有幫助。」

方崇誠把編號抄下來，然後就趕快放學弟去休息，但接下來他沒有馬上回局裡，而是靠回冰冷的椅背，閉上眼睛，畫滿標記的地圖就出現在眼前，他在想像中添上這一筆紀錄，不過分布大局沒有因此改變，無論是時間或空間。

這對父女真的也屬於連續失蹤案嗎？如果是的話，方崇誠懷疑起自己的「收案」標準，如果把非單獨失蹤也納進來，這張地圖會有什麼改變嗎？

假使十七年前在華晶商場這次失蹤真的是系列中的特例，那倒是好現象，兩個人失蹤比一個人困難，這或許能成為一個突破點，而特例之所以成為特例，也有它值得探究的地方；但如果這是完全不相干的事件，就會把他引入死路，每天都面對的搜查方向抉擇，這時讓方崇誠進退兩難，每踏錯一步就離柳奕勳越來越遠。

啤酒還剩半罐，方崇誠搖了搖之後，站起來一飲而盡，然後把空罐往牆角的垃圾桶丟，這一次，空心進籃。

他站了一陣子，讓發暈的腦在冷風中平靜，邁步返回警局時，他覺得自己已經重新站在地面上。

如果說昨晚的抉擇是他的必然，那麼現在把柳奕勳找出來，就是他身為警察、身為朋友、身為方崇誠必定會做的事——方崇誠把握著這個信念前行。

＊

很冷。

玻璃窗外的灰藍色的，比前幾天的早晨都還要暗，每天聽得到的麻雀也安靜著，客廳裡沒有聲音。

小露還在棉被裡，但覺得自己必須起床，她把茶几上的棉外套抓進被窩，穿好、穿暖，才慢吞吞爬出來。

腳底還是很冰，小露搓搓雙手，踮著腳尖走到儲藏室，翻開最上的紙箱，紙箱裡有各式各樣的雜物，空的皮夾、背包、皮帶、衣服、鞋子……她在裡面找到手機。

電視櫃的抽屜裡有很多電源線，小露從來沒有用過，但每天都看到媽媽在用，她試了很多次，終於找到可以插進這支手機的電源線，然後接到沙發角落的插座。

手機螢幕亮了，小露不太確定這是不是可以用的意思，她想這東西應該要有個開關，但手機上的每個鍵都按過，還是沒有變成媽媽平常用的樣子。

她決定先做早餐，今天是煎培根和炒蛋，還好她很早起。

一邊看著培根嗶嗶啵啵，小露一邊想媽媽會不會教她怎麼用手機？可是就算她會用，也不知道能打給媽媽說什麼？

做完早餐，小露決定先自己再試一次，這次當她按到中間那個鍵時，手機的螢幕竟然開始動了，小露耐心等一陣子，畫面停在很多方格的狀態，媽媽平時都會按這些方格，但小露不知道哪一個才是通訊錄，她一個一個按，終於出現一個有很多名字的畫面。

「小露？」

手機滑到磁磚地上，發出悶響，小露轉頭看到媽媽，媽媽的視線垂到地上的手機。

「那是什麼？」媽媽的聲音發顫，小露很確定媽媽知道那是什麼，所以她沒有回答，而是維持蹲姿倒退，直到背抵上陽臺的落地窗。

媽媽把手機撿起來，猛然使勁摔回地上，小露渾身一震，沒有發出聲音。

「怎麼會有這個？」媽媽沙啞的聲音壓得很低。

「那個男人……」小露克制不住顫抖，她得喘口氣才能繼續。「他的東西……我想說……」

當頭一拳，小露頭頂撞到牆角，一時暈得像把胃拔出來揉成一團，又重新塞回去，她趴在地上乾嘔，聽到拖鞋啪啪啪地遠離。

等到拖鞋聲再度靠近，伴隨著粗糙的拖行，然後是塑膠袋的窸窣，接著是難以言喻的翻攪。

小露睜開眼睛，看到媽媽從紙箱裡挑出一支又一支的手機，一支又一支丟進垃圾袋裡，一箱翻完，又拖來第二箱，全部完成之後，媽媽在垃圾袋上打兩個大大的結，直接拎出門外。

小露又趴了一陣子，漸漸覺得冷，於是她爬起來，還是會暈，所以她坐在地上，肚子好空，但廚房傳來的培根香讓她反胃。

至少她現在知道，媽媽不會教她怎麼用手機。

*

方崇誠被陸陸續續進局裡的同仁吵醒，這時的天色已經大亮，辦公桌上趴了幾個小時的手臂發麻，方崇誠被迫坐在那裡等待血液循環恢復，同時接受所有經過同事不可思議的眼神。

一早的搜查會議，方崇誠幾乎都在恍神，根本沒聽懂大隊長彙整的進度，甚至還抄錯自己負責的項目，被隔壁的同事驚嚇糾正。

冗長的會議結束，方崇誠趕在上工前進廁所洗把臉，昨天同事已經對他很大方，早早就讓他離開去找柳奕萱，今天不好好幹是不行的。

然而方崇誠才甩乾手，轉身離開廁所，手機突然響起來。

「喂？我是方崇誠。」標準工作中的口吻接起電話。

「我有爸爸嗎？」

「哈？」方崇誠懷疑自己的耳朵出了什麼問題，電話那頭聲音微弱，好像離麥克風有點距離，勉強聽得出是年輕的女性。

「爸爸……你知道嗎？」陌生的聲音重複。

「不好意思，您找哪一位？」

「不只一個嗎？」對方聽起來很困惑，但方崇誠只有更困惑。

「什麼東西不只一個？」

「那個……爸爸。」

方崇誠覺得自己徹底被耍了，直接把電話掛斷，然而就在這瞬間，他瞥見來電顯示上的「柳大」，立刻按下回撥。

「喂？」

好不容易聽到那個遙遠又含糊的聲音，方崇誠鬆一口氣，趕緊問：「妳是誰？為什麼覺得我認識妳爸爸？不說的話，我也不知道怎麼幫妳。」

「我……」對方的聲音聽起來非常遲疑。「你的同學說，你很會調查。」

方崇誠心口一緊，這個「同學」顯然就是柳奕勳，但為什麼他的手機會在這個陌生人手上？

「他在妳旁邊嗎？為什麼妳要用他的手機打電話？」

「他在廁所。」對方聽起來總算比較篤定。「他叫我用他的手機打電話。」

這個畫面好像跟方崇誠一開始的想像差不多，只是換成在女孩子的房間，但女孩奇妙的說話內容讓方崇誠有種很不好的感覺。

「那麼可以等他出來之後打給我嗎？」方崇誠不明白自己在懷疑什麼，但覺得必須確認。

「他不會出來欸。」

女孩很自然的回答讓方崇誠整個人毛起來，顫聲問：「他怎麼了？」

「欸……就是不能出來，不可以。」

「是妳把他關在廁所嗎？」方崇誠壓抑著怒氣和恐懼，在搞不清楚這女孩底細前，他不敢隨意刺激對方。

「對。」女孩回答得挺歡快。「還有媽媽。」

這個女孩子，該不會是智障吧？方崇誠腦中出現表現得像孩子的成年人被老媽媽關在家裡的畫面，印象中智能障礙還是發展遲緩什麼的也歸精神科管，她會是柳奕勳的病人嗎？難不成柳奕勳出診時被病人攻擊？不對，他那天明明就是去開會，沒有要出診。

「妳把手機拿進廁所給他聽，這樣可以吧？」方崇誠決定當務之急還是先確認柳奕勳還活著。

「嗯……你很想跟他講話嗎？」女孩突然問。

如果拳頭能用無線電波傳送，方崇誠覺得自己已經揍過去了，但他只能耐著性子回答：「對，我要跟他講話，不然不可能幫妳調查任何事。」

女孩沉默，方崇誠擔心自己是不是太躁進，還好不久後她又開口：「那，你們講完話，就會告訴我爸爸在哪裡嗎？」

方崇誠暗暗呼氣，然後回應：「不可能馬上，調查需要時間，也需要妳給我資訊。」

女孩又沉默了，方崇誠猜想她正在思考，方崇誠也是有做過釣魚這樣的事，聰明的犯人固然不好應付，但太笨的對手反而更難預料。

「我要告訴你什麼？」

方崇誠不確定對方是真的不知道，還是在試探，總之他老實回答：「越多越好，妳的名字、年紀、住哪裡，最好是小時候住哪裡，還有妳媽媽的名字、經歷，其他家人等等。」

女孩很乾脆地說：「我叫小露，差不多二十歲，從小大到都住在這裡，只有媽媽，沒有其他家人。」

「呃……要本名，而且至少說一下媽媽的名字和住的城市吧？」

「本名？」女孩的疑惑聽起來非常自然。「我只有一個名字，媽媽沒有，城市……我不知道。」

方崇誠不知道自己愣了幾秒，彷彿永久一般，這個回答已經完全超越能預料與否的範疇，他的腦袋空轉著女孩的詞語，沒辦法從中構成任何思考。

「喂！你在嗎？」

方崇誠回過神，為難地說：「妳這樣我不太可能找到吧？」

「好吧。」

感覺到要掛電話的氣氛，方崇誠搶在斷線前又說：「也不是不能試試看，總之妳先讓我跟柳奕勳講話。」

「你……明天跟柳先生講話。」小露想了一會兒後這樣說：「你告訴我爸爸在哪裡，然後跟他說話。」

比想像中精明啊，方崇誠感嘆，但回歸正軌的討價還價反倒讓他定下心應對：「明天不見得就可以找到妳爸爸，如果我不確定柳奕勳還能說話，就不會幫妳找。」

「他可以講話。」小露堅持，彷彿這樣的保證有什麼意義。「我會讓他明天也可以講話，但接下來就不行了，所以一定要明天。」

「妳打算對他做什麼？」方崇誠衝出口。

「給他喝水。」小露理所當然般地回答。

「不是這個。」方崇誠按耐下越來越快的心跳。「我是問，為什麼他後天就不能講話了？」

「因為死掉了啊。」

懊悔再一次重擊方崇誠心口，如果前天晚上他無視那通電話，直接出發去找柳奕勳……但人生從來沒有如果。

「妳要的是錢嗎？」

「啥？」實在是讓人不忍懷疑的困惑。

「我是說，多少錢，妳願意讓他回來？」

「他不會回去。」小露拉高的語調中滿是莫名其妙，彷彿奇怪的人是方崇誠。

「好吧。」方崇誠放棄理解對方的邏輯，真要搞懂每一個罪犯，是會精神衰弱的。「就明天，讓我們講話，我才告訴妳有關爸爸的事。」

「好。」小露說完，馬上就掛斷電話。

通話結束，方崇誠的腦子突然高速運轉起來，既然柳奕動的失蹤成為明確的刑事案件，得立刻報案，才能申請調閱行動電話紀錄，看綁架犯到底是從哪個基地臺打來，最好的情況是在明天之前找出柳奕動。

邊思考的同時，方崇誠的身體已經開始行動，不知不覺間，他已經在刑事局的走廊上奔跑，現在的每一秒都在追上柳奕動逐漸遠離的生命，這麼想的同時，他越跑越快，最後全速衝刺起來。

*

小露掛斷手機，看了一下螢幕，電量還是滿格，她剛才充得很足，但不知道明天還能不能用？不過反正還能用媽媽的充電器充電。

她站上客廳的茶几，茶几正上方是冷氣，冷氣與窗框的大小不合，多出來的洞糊上塑膠板，小露推了一下塑膠板的角落，塑膠板便卡著方框旋轉開來，小露把昨天半夜從柳奕勳褲子裡找出來的手機放回冷氣機上面，然後推塑膠板的另一邊，讓它回復原本密合的樣子。

接著她走進媽媽的房間，房間中央立著雪白的無頭人形模特兒，上面密密麻麻的紅線十分醒目，小露的指尖滑過塑膠模型表面，乾涸的油性顏料絲毫不褪，小露環顧房間，梳妝檯上只有孤伶伶一罐工業酒精。

她打開酒精，刺鼻的氣味立刻盈滿狹窄的臥室，她把酒精高舉在人形脖子光滑的斷面上方，然後一傾而下。

粉紅色的瀑布淋了人體模型一身，伴隨潺潺溶解的紅色顏料，小露抽出一把衛生紙，彷彿洗澡般用力搓人形表面，其實她也用不著拚命，在酒精下原本就搖搖欲墜的設計圖，衛生紙一經過就順理成章消失，沒多久人形模特兒就恢復淨白的樣子。

小露丟掉衛生紙，拿了掃把進來，倒抓把柄，使勁砸下去，塑膠人形發出清脆的破裂聲，小露隨即繼續揮擊，慘白的碎片散落房間一地。

直到人形完全消失，她才放下掃把，順手把看得見的碎片掃成一堆，然後她四顧臥房，在媽媽的床頭櫃找到一柄薄刃。

從握柄到刀尖都是銀色的，鋒口很亮，看不見汙漬，因為媽媽很小心保養，她換過很多種不同的工具，水果刀、切肉刀、生魚片刀、美工刀、雕刻刀……最後是網拍買的解剖刀最好用，僅僅比小露的手掌突出一點的長度，比美工刀還纖細的刀片，能夠毫不費力劃開表皮，準確的線條，不會製造難看的撕裂痕跡。

小露看著刀片，映照出自己模糊的臉，幾乎被瀏海和蓬鬆的黑髮遮去大半，刃面的扭曲看不清楚五官，她很快就垂下手，拎著尖刀走出房間。

她再度爬上冷氣窗，把媽媽的尖刀藏進塑膠板後面。

完成之後，小露倒了半杯開水，走進廁所。

雖然是白天，只有一扇氣窗的廁所還是很暗，開門的瞬間，柳奕勳靠著牆面的頭抬起來，看到小露手中的杯子，然後仰頭看她的眼睛。

小露把杯子湊到柳奕勳嘴邊，柳奕勳順從地喝下一口，又一口，小露猶豫要不要繼續，看到柳奕勳仰望的眼神，最後慢慢讓他把半杯水都喝完。

「謝謝……」雖然喝了水，聲音還是很含糊，但在寂靜的廁所中已經足夠清晰。

小露把杯子暫放在洗手臺，然後突然想到回答：「不客氣。」

柳奕勳的頭已經靠回牆上，但勉強轉過來一些，低聲說：「剛剛怎麼了？」

「嗯？」

「有東西……碎掉的聲音。」

「喔。」小露不確定要不要說。

「早上一次，剛剛又一次。」柳奕勳幾乎是自言自語的音量。「是媽媽……妳媽媽嗎？」

「早上是她，剛剛是我。」小露決定先挑簡單的回答。

「妳？」雖然還是沒抬頭，柳奕勳的側臉看得出一點意外，儘管音調沒有太多變化。「生氣嗎？」

小露搖頭，柳奕勳似乎看到了，喃喃又說：「沒有受傷？」

小露下意識摸自己的頭，一早撞到牆角的腫包壓下去還會痛，但她還是說：「沒有。」

「摸頭做什麼呢？」柳奕勳淺淺笑了，但並不是很開心的樣子。

小露走上前，壓下沖水把手，馬桶上的柳奕勳渾身一縮，但老實說幾乎沒有移動，只有身上傷口比較深的幾處又開始泌血。

小露拿起毛巾，但想想又掛回去，現在時間還太早，清了也沒用。
「今天晚上，你可以跟我講話。」
柳奕勳抬頭，小露認不出盯著自己的那雙眼睛中是否有驚訝或期待，她以為這至少會是柳奕勳所希望的事。
「今天，不想講話？」小露試著發問，雖然她其實不需要知道。
「不會……」柳奕勳馬上回答，抿一抿嘴脣後又說：「只是，妳說媽媽畫完之後，就不會叫了。」
小露點頭，她看著柳奕勳嘴巴微微打開，似乎自己輕微的動作把什麼迫切的東西逼到男人喉頭，但半晌沒有等到話語。
「你知道吧？等媽媽畫完，她會……」
「小露小姐。」柳奕勳突然別開視線。「早上那次，是在處罰妳嗎？」
小露愣了，不懂柳奕勳為什麼要插開話題，也許自己有沒有被處罰真的對他很重要，如果是這樣，小露決定先不要讓柳奕勳知道真相，於是搖頭。
柳奕勳沒有反應，小露等了一陣子，最後只好拿起擺在洗手臺的空杯。
「你要繼續睡覺嗎？」
「不想。」柳奕勳低聲回答。

小露覺得柳奕勳不太一樣，不是說比較好或比較壞，只是總認真望著小露的神情，在不知不覺間消失了。

「那就不要睡覺。」小露不確定柳奕勳說的是不是真話，媽媽如果直視小露講話，通常是重要的事，如果沒看著小露，往往只是隨便說說，但她也沒別的話好回答，既然杯子都拿了，只好走出廁所。

然而她回頭關門的時候，迎上柳奕勳追出門縫的視線。

*

在跑報案流程的同時，方崇誠利用空檔撥電話給柳奕萱，柳奕萱一開始還不太相信，後來就嚷著到底要怎麼跟媽媽說，雖然好像有點殘忍，方崇誠還是打斷她，確認從前天晚上到現在，柳家沒有收到任何勒贖。

「我們家就我和我媽，我媽身體不方便，整天都在家裡，不會漏接電話。」柳奕萱說得斬釘截鐵。

雖然覺得不太可能，方崇誠還是跟柳奕萱確認有沒有來自電子郵件或通訊軟體的勒贖訊息，柳奕萱自己是很確定沒有收到，雖然還沒有問柳媽媽，但照柳奕萱的說法，這兩天柳媽媽隨時都盯著手機等兒子的消息，如果有勒贖訊息，馬上就會說出來。

其實方崇誠自己也不認為這是擄人勒贖，之前相似的失蹤事件，從來沒有家屬收過勒贖電話，比較像的或許是連續殺人？臺灣這幾年出了好幾起街頭隨機殺人，甚至有臺北捷運那樣大規模的事件，至於連續殺人，方崇誠一時想到的大概都是隨機強姦殺人、詐領保險金或是強盜殺人這一類。

而這些——姑且稱作「青年男性連續棄車失蹤事件」——找不到常見的謀殺或綁架動機，也不好由經驗推估可能的發展。

依照電話中自稱小露那名女性的說法，柳奕勳目前被囚禁在她家中，但方崇誠認為這只是暫時的狀態，如果昨晚徹夜搜尋出來的失蹤事件都有關聯，這麼多受害者不可能一直都被囚禁著，最終還是免不了殺害，方崇誠甚至不懂柳奕勳為什麼沒有馬上被殺，畢竟囚禁一個人就有逃跑、告發或反擊的風險。

不過還是不要懂比較好，方崇誠相信憑著鍥而不捨的搜查，警察不需要理解也能揪出這些罪犯。

根據發生的地點，柳奕勳的事件會由市警局偵辦，但方崇誠在報案時一併把昨晚查到的連續失蹤事件交給學弟參考，如果證實與過去散布各處其他失蹤案的關聯，就會出動刑事局協調各地方的警局，不過因為方崇誠所屬的偵查大隊正在忙別的案子，大概不會輪派到這項工作。

只是柳奕勳的事情還沒了結前，方崇誠調查什麼案件都沒辦法專心吧？明明同樣在這棟建築裡，自己朋友的案件就在旁邊進行，身為刑警的方崇誠什麼都沒辦法貢獻的話，實在很受不了。

想到這裡，他突然有個念頭，既然平平都是刑警，換一下有什麼不行呢？向來行動派的他，本來要與同事會合的腳步，下一秒就轉往大隊長的辦公桌前。

忙於外勤的刑警好幾天不曾在辦公桌坐下也是常有的事，不管哪一個分隊的辦公室都是廢墟一般，一年只有長官視察那一天能看，但他們大隊長的辦公桌可說是其中一股清流，整整齊齊堆著的公文不說，泡麵碗和飲料空杯當然是沒有，甚至還有餘裕擺上一株黃金葛。

然而在這麼舒適可親的辦公桌前，方崇誠反倒收起匆忙的腳步，立定站好，吸飽氣才開口：「瑞姊，可以拜託妳一件事嗎？」

「怎麼了？」不管什麼天大的事，偵查第二大隊隊長黃瑞雪總是這麼一副不急不徐的聲調。

方崇誠對自己規則外的請求感到抱歉，但也不可能這時退縮，只得硬著頭皮開口：「如果說我想要暫時跟其他偵查隊的人互換工作，可以嗎？」

瑞姊定定看著方崇誠，略帶皺紋的眼角和發福的臉頰讓她看起來像隨處可見的和善歐巴桑，但從眼鏡上緣射來的視線讓方崇誠全身繃緊。

「申請轉調當然是可以，但我想先聽你說為什麼？」

「不是轉調。」方崇誠連忙說：「該怎麼講呢？我的朋友被綁架，已經報案了，如果他的案子來我們這裡，我希望能夠……幫上忙。」

瑞姊臉色變得凝重，說話也顯得更斟酌：「這事情不小，我想你很為他擔心，但你真覺得這樣好嗎？」

「怎麼樣？」方崇誠其實可以猜到隊長的意思，但他選擇裝蒜。

「介入親友的調查。」瑞姊也不怕直白。「我不可能懷疑你跟案件有利益關係，但我的信任不能成為破壞規矩的藉口。」

「也不是什麼程度的親友……」方崇誠講得有些心虛。「就是個高中同學。」

「當警察沒有指定案件的道裡。」瑞姊態度很硬。「你擔心的話，要請假可以，目前人力還撐得住，但不能讓你換。」

聽瑞姊說到這個份上，方崇誠知道不可能改變她的決定，摸摸鼻子說：「那就不必了，我會好好幹目前的案子。」

「好吧，你有需要再跟我說。」

得到瑞姊這句方崇誠不覺得自己會用上的承諾，他也只得先回崗位，暗暗決定晚一點再私下探問調查進度，反正市警局裡也不是沒有熟人。

其實無論誰來偵辦這個案子，只要來得及讓柳奕勳平安回來就好，方崇誠並非不信任同事們的能力，但想要親自做些什麼的想法勝過一切，也許不是為了柳奕勳，而是為了總是爽約的自己。

雖說柳奕勳自己從沒露出在乎的樣子就是了。

或許他不是那麼需要朋友的人，在那個上哪都要呼朋引伴的年紀，雖然他們有時候會一起去合作社或一起放學，但沒有哪一次是柳奕勳主動來找方崇誠，而現在研究案合作之餘，他們也會閒聊，但不會在跟合作完全無關的時候聯絡。

說起來，方崇誠不知道柳奕勳在乎過什麼事，比起努力想維持成績但又老是忍不住偷懶的方崇誠，柳奕勳的分數好像只要正常上課、下課、交作業就會自動拿到，一直到大考前都沒有看過他緊張的樣子，路上看妹的屁話是有一些，但也不曾聽他講過想追哪一個女孩子。

只有一次，他們是為了什麼事情差點吵起來呢？

應該是剛升上高三的時候，畢業旅行要分配房間，方崇誠理所當然和正光他們一組，但他在填登記表前想到柳奕勳。

「我問一下柳奕勳要不要跟我們一組。」方崇誠得到朋友們的默許，轉頭對教室另一邊大叫。「喂，柳大，畢業旅行跟我們一起睡喔？」

柳奕勳立刻就抬頭，但接觸到他的視線時閃過遲疑，等待回答的短短瞬間在方崇誠心中形成不痛快的凝滯，一直以來，無論是「走啦，去合作社」、「回家吧」、「欸，吃蔥油餅啦」，柳奕勳的反應向來是默默跟上，方崇誠壓根沒想過自己可能被拒絕。

柳奕勳答應了，這件事也沒留在方崇誠心裡，他們交出登記表，直到出發前一天，幫忙搬作業到導師辦公室的方崇誠在離開前被叫住。

「你是畢業旅行第三組吧？會有個六班的同學跟你們一起住，要好好照顧人家喔。」

「搞錯了吧？我們房間是滿的欸。」方崇誠第一個反應便回答。

「欸？」導師低頭翻文件，然後鬆一口氣。「沒錯啦，奕勳退出了，你們不是正好缺一個人嗎？」

應該是臨時發生了什麼吧？方崇誠說服自己抱著關心去問柳奕勳。

「嗯？我沒有要去啊。」柳奕勳連頭都沒有抬，繼續看他的書。

方崇誠一時火氣上來，伸手抽走兩人之間的書，柳奕勳當下別開臉，但方崇誠已經在那個瞬間見到他眉頭緊縮，嘴脣懋得發白。

方崇誠愣住，舉著柳奕勳的書，遲遲沒有放下。

「要去買飲料嗎？」柳奕勳抬頭的時候，臉上已經沒有方才的表情。

方崇誠望著他，還猶豫該不該問下去，但柳奕勳若無其事站起來，拿回方崇誠手中的書，便往教室外走去，方崇誠趕緊跟上，然後直到畢業旅行回來，再也沒提過這天的事。

後來正光他們因為這件事碎念了一陣子，雖然沒有提到方崇誠，那些揶揄柳奕勳的話聽在耳裡，就像責怪邀他同組的方崇誠一般，只是方崇誠一想到當時那個從未見過的表情，便慶幸柳奕勳自己恢復。

他相信柳奕勳不可能故意失信，可能突然有事、或者經濟問題，畢竟他的父親已經過世，家裡狀況不是當年的方崇誠所能想像，只要他回到原來的樣子，對方崇誠來說就夠了，從那時到現在，他們也確實沒有再出什麼爭執。

想起這些往事，讓方崇誠又嘆一口氣，比起柳奕勳，自己打破的承諾多得太多，但他只能回到自己的辦公桌，披上外套，轉身離開失蹤案的調查。

＊

聽到鑰匙轉動的聲音，小露趕緊從沙發站起來，把狐狸玩偶塞進旁邊揉成一團的棉被裡，然後走進廚房。

把香腸切片放進烤箱時，她聽見拖鞋聲從背後經過，然後是房門的喇叭鎖旋轉，呼吸不自主急促起來。

砰——

臥房木門重重撞上牆，隨後是一陣凝滯的沉默。

「妳幹了——什——麼？」媽媽沙啞的聲音發抖，小露的氣息也跟著顫動。

「為什麼？」

猛然被揪住後領的小露一個踉蹌，摔倒不打緊，還被勒脹了臉，媽媽鬆手後立刻又一手架起小露的下巴。

「別跟我說是不小心弄壞，塑膠的東西不可能一碰就這麼碎，而且刀子也不見了，妳到底藏到哪裡去？」

「我……」氣流艱難地通過小露的喉嚨。「刀子……丟到窗戶外面，然後就……沒看到了。」

「妳是在報復嗎?氣我早上打妳嗎?難道妳不該打嗎?妳說啊!」

小露無法轉頭,只能撇開視線,不去回答媽媽的問題。

「不敢講?我叫妳說啊!妳敢不講?」

小露閉起眼睛,等待拳頭落下,但墜落的是她突然被鬆開的下巴,小露睜開眼睛仰頭,瞬間衝進視野的卻是飛濺的熱湯,小露馬上又緊閉眼睛,但避不開滿頭灼燙。

鏗——

空掉的鍋子被媽媽拋在地上,接著聽到東西被倒進水槽的聲音,然後強勁的流水打在不鏽鋼流理臺,又漸漸流往排水孔。

小露耐著刺痛睜開眼睛,模糊視線的淚水中看到媽媽站在流理臺前,一個勁把白飯、白菜滷和小魚乾炒肉絲通通沖入下水道。

餐桌上的碗盤都空了,媽媽擦乾雙手,然後打開冰箱,把吐司、果醬、水果、高麗菜、沒煮完的小魚乾……通通都掃進垃圾袋,擺在米桶旁邊。

叮——

媽媽和小露都被烤箱嚇了一跳,媽媽打開烤箱,香腸的味道毫不保留充滿廚房。

「差點忘了。」媽媽一轉身把香腸片也通通倒進水槽。「這樣就差不多了吧？」

媽媽終於拋下還滿是晚餐香味的廚房，丟下一句話：「我要出門，妳在家反省吧。」

小露沒有回話，她知道媽媽也不打算聽，當媽媽決定今天小露不能吃飯的時候，沒有任何方法能讓她改變，她坐在地上，等著媽媽從臥房拎出外套和皮包，抱起米桶和裝食物的垃圾袋，再度走出大門。

開始有點冷了，滿臉湯水也只能維持這麼一丁點時間的熱度，小露其實覺得慶幸，她等到媽媽的腳步聲消失許久，才從地上爬起來。

打開廁所的門，她已經習慣瞬間投來的視線，默默打開水龍頭調整水溫。

「發……咳，發生什麼了？」

「嗯？沒事。」小露發現張開嘴巴的時候，能感受到貢丸湯的味道。「媽媽又出去了，今天晚上不會畫。」

沒有聽到柳奕勳回答，小露感覺水溫差不多了，先埋頭洗臉，然而溼漉漉的頭髮還是夾雜稀釋的湯汁流下，怎樣都沒個清爽。

「……不畫了？」

「哈？」小露抬頭，見柳奕勳盯著自己。

「為什麼今天不畫了？」柳奕勳重複。

小露先把黏答答的衣服脫掉，一邊用蓮蓬頭放水，一邊思考回答：「我把設計圖——那個上面有畫線的假人——砸爛了，媽媽應該出去買新的假人吧？」

「妳把那個砸爛了？」

小露發現柳奕勳還看著自己，不過之前本來就是他堅持要閉眼睛的，小露只是好奇柳奕勳為什麼不堅持了。

「對啊，還滿容易碎的，因為是空心。」

「我是想問——為什麼？」柳奕勳的聲音加重，小露有點驚訝這句話會引起這麼大的反應。

「問這個幹麼？」小露學著媽媽的口氣。

「呃……」柳奕勳一愣，隨後軟下來。「對不起，我不該這樣跟妳說話……啊！」

柳奕勳說到一半突然別開頭，大概是想起他的堅持。

「其實你可以看著我說話。」小露小聲說，雖然她不覺得柳奕勳會照做。

柳奕勳仍舊看著牆壁，不知道有沒有聽見，在小露洗澡的時候，又聽他開口：「我想知道的是，妳為什麼會溼淋淋的？剛才我有聽見妳媽媽的叫聲，但聽不清楚，可以告訴我，這跟設計圖的事情有關嗎？」

小露感覺柳奕勳又變回原本的樣子，於是回答：「媽媽看到設計圖變那樣，就把湯倒在我身上，其他菜也丟掉，不給我吃飯。」

「這樣啊……」柳奕勳的語音落下，一時只剩下小露洗澡的水聲。

小露等著柳奕勳發問，她還是相信柳奕勳想說話，而她自己並不討厭，以前她不會跟男人說什麼話，因為他們只會罵人。

媽媽大概也不喜歡講話吧？小露不打算問，問了的話，最好的狀況是得到一句「問這個幹麼？」」，所以小露一直都不問問題，想知道的話，就試試看，打電話媽媽會不會生氣？把刀子藏起來媽媽會不會生氣？

柳奕勳不曉得為什麼安靜了？小露洗好澡，換上乾淨的毛衣和棉褲，捲好袖子和褲管，柳奕勳還是維持面牆的姿勢，小露看著他，肚子很餓，以前不能吃飯的時候，小露會直接去睡覺，她不知道自己站在這裡做什麼。

「妳好了？」柳奕勳突然說。

「啊。」小露好像猜到柳奕勳想問的問題，但沒有確定到能肯定回答，柳奕勳卻似乎明白，慢慢轉回頭。

「呼──」身體的動作還是讓他很不舒服的樣子，但他很快就說：「妳去找我的褲子，裡面有皮夾，去買吃的吧。」

小露今天從柳奕勳的褲子裡翻出手機的時候，有看到那個皮夾，但她搖頭說：「不能買。」

「沒關係，是我讓妳用的。」

小露聽不懂柳奕勳在說什麼，她想柳奕勳應該也聽不懂，又解釋：「買東西是媽媽的事。」

「但是媽媽不讓妳吃晚餐，妳想吃的話，就只能自己買了。」

小露想了一下，覺得沒有不對，但她還是說：「我沒有地方買。」

「現在是幾點？」柳奕勳突然問。

「大概八點左右吧？」

「八點啊……」柳奕勳喃喃說：「如果這附近有小……啊，應該可以去便利商店。」

小露和媽媽出門的時候，媽媽都會先去便利商店買很多吃的喝的，小露很喜歡吃三角飯團，三角飯團的飯有種酸酸的味道，小露一直很想知道是怎麼煮出來的。

「我不能去。」小露再一次說：「我不能自己出門，我也不能開車。」

「這附近沒有走路到得了的便利商店嗎？」

小露其實並不知道有沒有，所以她回答：「不管怎樣，我不能出去。」

「門……被媽媽鎖起來了嗎？」

小露又覺得柳奕勳盯著她，到底是生氣？還是他在意著其他什麼？

「門是鎖的，但裡面可以打開。」小露照實說，她觀察柳奕勳的表情，看起來沒有明顯變化，但眼神跑掉了，可能是在思考。

「那麼妳想要的話，可以打開門，出去買吃的，再回來，不會有什麼東西阻止妳。」

又是「想要」，小露覺得柳奕勳很喜歡這個詞，她確實想要吃三角飯團，但因為想要吃就出門買，總覺得不太對勁，小露從來沒有這樣做過。

「妳想要吃東西嗎？」柳奕勳冷不防問。

「嗯。」小露點頭。

「妳能做自己想要做的事，這樣是很好的。」

小露呆呆看著柳奕勳的表情，他的樣子很累，但還是勉強著，很想說什麼小露不太明白的東西。

想要吃的時候吃，應該是滿好的。

「媽媽會生氣。」小露記得很小的時候，她還不知道有分出外的人和留在家裡的人，媽媽出門的時候，她會想跟過去，被打了好幾次、禁了好幾頓飯，有一天她才突然明白要這樣生活。

「我想她會。」柳奕勳低頭，小露有點意外，她以為柳奕勳會繼續叫她出去。

「但是……」柳奕勳抬頭對上小露的視線，這一次除了想說什麼，還有想問什麼。「雖然她會生氣，妳還是把設計圖砸碎了。」

小露看著柳奕勳的眼睛，突然發現自己理解「想要」的意思。

*

方崇誠回到警局的時候大概是晚上八點，他已經先跟市警局偵查隊的學弟連絡過，柳奕勳的綁架案與「青年男性連續棄車失蹤事件」目前由刑事局第四偵查大隊統領搜查，所以方崇誠直接去找值夜的第四隊隊員們。

辦公室裡只有兩個人，方崇誠由馬尾認出跟他同期進入刑事局的游孟辰，於是直接走到她旁邊。

「嘿，你來了。」孟辰從排骨便當抬起頭。「聽說今天被綁架的人是你高中同學？而且綁匪還打電話給你？」

還真是壞事傳千里，方崇誠只能苦笑回答：「所以呢？通聯紀錄查得怎麼樣？」

「基地臺早就查出來了。」孟辰揮舞著筷子，指向白板上的地圖，上面標示的紅框座落在城西舊市區，跟柳奕勳失蹤的地方隔著一條河，分屬不同行政區。

「不遠嘛。」方崇誠回想昨晚自己畫的地圖，二十年前那幾個案子沒有一件發生在城西，但有不少在過河的市郊，以刻意避開自己居所的角度來看，堪稱合理。

「白天管區的人去那一帶踏過，拿受害者的照片去問，沒有什麼線索，現在他們應該在問第二輪，看下班回家的居民有沒有人見過那個受害者。」

「如果他是直接被汽車載過去，被鄰居看到的機會也不高吧？」方崇誠馬上質疑。

孟辰聳肩：「沒辦法，搜查的馬步還是得蹲囉。」

方崇誠答不出話，他一時也想不到更好的搜查方向，如果綁匪是用自己的手機，即使是用人頭辦的，多少還是有點線索，但雖然早上通話的那個女孩聽起來有種微妙的……單純？方崇誠還是不敢假設對方真的愚蠢，畢竟如果推測屬實，她很有可能幹了不下十幾起類似的案子，況且那女孩話中有提過共犯，也是不可輕心。

「不過這次的現場，還真的是乾乾淨淨。」孟辰把空便當盒綁起來後，又主動說：「假使受害者是被暴力脅迫，應該可以找到血跡、毛髮或衣服的纖維之類，但市警局的鑑識員把停車場和那條山路都踏爛了，什麼也沒找到。」

「都被隔天那場雨沖掉了。」方崇誠懊惱地說，如果當晚他就出發去找柳奕勳，是不是有機會在下雨前攔下線索呢？

「或許吧？」孟辰聳肩。「但犯人是真的很仔細，我們在猜她應該有仔細場勘過，受害者的車停在監視器的死角，連他早上離開停車場的時候都沒有拍到，更不知道他到底是走到停車場後被綁，或還沒走到就被綁了。」

方崇誠思索著同事們的調查成果：「要做到這個程度，應該會有些鬼鬼祟祟的行徑被拍下來吧？」

「停車場那裡留了最近一個星期的監視影像，目前還沒全看完，不過我想，也許犯人知道要留一點時間，讓事前調查的影像過期刪除，這樣的話，大概看完也是沒有結果。」

「嗯……」方崇誠同意孟辰的猜測，柳奕勳被綁時不知道有沒有看到對方的車？如果有車型的描述，就算不記得車牌號碼，也是搜查的一大線索。

「對了，妳應該知道，打電話來的綁匪，要我明天給她回電。」

「知道啊，還要幫她……找爸爸什麼的。」孟辰邊啃排骨邊說。

「我明天如果能跟柳……受害者通到電話，看能不能請他提供綁匪外貌、車款之類的線索。」

「這樣馬上會被撕票吧？」孟辰毫不猶豫地吐槽。

「當然不是要他直接說，而是用選擇題的方式，把選項包裝成無害的話，譬如說……」方崇誠思考半晌。「假使我們想知道綁匪車的顏色，我們就跟他說，白色回答『放心』、銀色回答『不要緊』、黑色回答『我沒事』、其他色回答『別擔心』……類似這樣。」

「你幫你同學設計的回話全都是同一個意思嘛。」

「那不是重點啦！」方崇誠搖手抗議。「反正能分辨就好，真正的問題是，綁匪不可能讓我們講太久，能夠問完一個問題就很慶幸了，得要先想好問什麼關鍵。」

「嗯。」孟辰終於正色點頭。「先等今晚的搜查結果吧！總之，明天早上在市警局的搜查會議結束，我們會請你打電話給綁匪，你的建議我會在搜查會議提出，如果採納的話，順便討論要問些什麼。」
「那就麻煩妳了！」方崇誠下意識對孟辰鞠躬。
「你在客氣什麼啦！」孟辰用力一拍方崇誠的肩膀。「再怎麼說都是自己人，雖然瑞姊不讓你參與偵查，你有想到什麼就說一聲。」
「我問瑞姊的事，你們也都知道了啊？」方崇誠有點尷尬，自己也不知道這算不算「壞事」傳千里。
應該是注意到方崇誠的表情，孟辰一本正經地說：「我覺得你和瑞姊都有理，如果是我，也不想眼睜睜看朋友被抓走卻什麼都不能做，但先不提避嫌，關心則亂，越是親近的人越有盲點，你就好好看著，有什麼新消息，不會漏了你的份。」
「謝啦！」方崇誠也輕輕回拍孟辰，孟辰勾起嘴角，那是個相信凡事有辦法的笑容，讓方崇誠無所事事的等待好像舒坦一些。
孟辰拿著便當盒去回收，與準備回家的方崇誠一道經過走廊，他們該在走廊盡頭告別，但在方崇誠開口前，孟辰突然說：「我其實很好奇，那個綁匪到底為什麼打電話給你？」
「這個……」方崇誠忙著思考柳奕勳在哪，還沒有想過這個問題，但很快就反應。「應該是知道她在找爸爸，我同學才建議她打給我吧？畢竟我是警察，還是比較有機會幫助他逃走。」

孟辰搖頭：「不是在說這個，我想不透的是，綁匪為什麼要聽你同學的話？她真的想找人，不方便報警的話，大可委託徵信社，沒必要連絡肉票的親友幫忙。」

聽孟辰一說，方崇誠也覺得這件事常理不通，但當下與那個自稱小露的綁匪對話時，卻沒有感受這方面的違和，小露聽起來對世界一無所知，思考卻不相襯地精明，不像是心智障礙的表現，感覺像是——在社會之外長大的人？

「我覺得那個綁匪或許……不完全是加害人？」方崇誠謹慎地挑選用詞。

「什麼意思？」孟辰不解地皺眉。

「假使打電話來的那個綁匪，其實只是從犯，本身也被主嫌限制自由，所以只能用被害者的手機連絡外界，就可以解釋她為什麼打給我。」

「你不覺得這個說法完全是一廂情願嗎？」孟辰眉頭持續深鎖。「現在連綁匪口中的『媽媽』有沒有涉案都不確定，你卻要把主嫌的帽子扣在她頭上，再說一個媽媽為什麼要限制孩子自由？難不成你要說這孩子是撿來的？」

「也不是說親生小孩就不……」方崇誠反駁到一半，腦中突然浮現一個瘋狂的想法——十七年前，有個三歲的小孩跟爸爸一起失蹤，是所有類似失蹤事件中唯一一個孩子。

「搞不好真的是撿……還是搶呢？」方崇誠喃喃說。

「嗯？」孟辰湊近端詳方崇誠。

「對了。」方崇誠突然把呆滯的視線收回來，讓孟辰反射後退。「之前的那些失蹤事件，調查得怎麼樣了？」

孟辰搖頭：「會議中的意見分兩派，一派認為失蹤事件的分布型態符合連續殺手的做案模式，值得好好考慮，另一派認為沒有證據顯示過去的失蹤者是被綁架的，不能隨便混為一談，目前專案小組的共識是單就這次綁架的證據來調查，等鎖定犯人後再調查犯人和其他失蹤事件有沒有關連。」

「這樣子啊。」方崇誠思索幾秒，很快就說：「我覺得可能有那個綁匪爸爸的線索。」

「你是說過去那些失蹤事件？」孟辰馬上抓到方崇誠的想法。「是受害者之一嗎……啊，你是說那個失蹤的小孩？你覺得她被最初的綁匪綁架了？」

「嗯。」方崇誠大力點頭。

「這太一廂情願了！」孟辰大叫。「哪裡來的證據？」

「我們要先假設，再來小心求證。」方崇誠自己其實也很懷疑，但他還是繼續說：「至少這會是一個方向，給我們多一點有關綁匪的線索。」

「但也可能讓搜查走進死路。」孟辰還是搖頭。

「我自己先打聽一下當初那個事件，就當明天跟綁匪的話題也好。」方崇誠回想昨天是誰告訴他這個案子，應該是市警局的阿邦，希望他現在有空接電話。

「嗯，你查吧，我得回去做事了，早點休息啊！」這話出口，游孟辰停滯的腳步重新啟動，她對方崇誠揮揮手，然後走回辦公室。

＊

鑰匙再度轉動大門，沙發上的小露把電視關掉，轉頭見到一只蒼白的無頭人形模特兒探入上半身，隨後才是媽媽走進來，媽媽看了小露一眼，不像是生氣的樣子。

小露裝作在找東西，只用眼角餘光注意媽媽，媽媽脫完鞋子，轉身又把米桶扛進來，放回廚房的原位，然後帶著人形走進臥室，關上房門。

小露打開電視，轉高音量，電視上正在演重播的八點檔，當背景插入一首高亢的悲戀情歌，小露輕輕起身，走進廚房，打開米桶，掏了一合米，倒進電鍋。

小露接著打開水龍頭，接了一合水，但在倒進電鍋前，她聽到腳步聲。

「妳在做什麼？」媽媽的聲音中壓抑著情緒。

小露沒有回答，默默走回沙發上。

「別想唬我，妳能玩什麼把戲，我都知道。」媽媽把電鍋裡還沒浸溼的米又倒回米桶。「妳搞什麼破壞都沒用，設計圖可以重畫，刀可以再買，做錯事的孩子不能吃飯。」

小露抬頭，見媽媽轉身又要走回臥室，她開口叫住：「媽媽，要怎麼生小孩？」

媽媽陡然停住腳步，回頭面對小露，緩緩說：「妳想要說什麼？」

小露一咬下脣，這次她很確定說出：「我想要知道怎麼生小孩？」

「誰教妳問這個的？」媽媽走近小露，俯視沙發上的她，突然拿起遙控器關掉電視。「是跟電視學的嗎？」

小露搖頭，但她並不覺得自己搖頭或點頭會有所差別。

「那是怎麼樣？」媽媽的視線飄向廁所緊閉的門，然後回頭冷冷看小露。「這次的男人跟妳說了什麼奇怪的話？想說他還挺安靜的，就沒塞住嘴巴，想不到一樣奸詐。」

奸詐就是會騙人的意思，小露也覺得柳奕勳可能有騙人，但是媽媽沒聽到柳奕勳講話就說他騙人，一定是亂說的。

「我自己想知道。」小露直視媽媽。

媽媽愣了半晌，反而撇開眼睛，把電視重新打開，在吵鬧聲中回答：「生小孩很骯髒，不要亂問。」

「可是，如果妳沒有生小孩，就不會有我了！」小露急急忙忙說。

媽媽伸出手指抵著小露的額頭：「有什麼關係？人生下來就是多一張嘴拖累別人，活一天就是吃飯睡覺一天，也沒比死掉了不起。」

「那媽媽的媽媽呢？」小露憋住顫抖的鼻子。

「我沒有媽媽。」

騙人，既然媽媽生了小露，一定有人生了媽媽。

小露想低下頭，但被媽媽的指頭抵住，不得不看著媽媽嫌惡的臉，只能小聲說：「我想幫媽媽。」

「想幫我就乖一點。」媽媽放下手。「就我們兩個在一起，不是很好嗎？只要妳聽話，我也不會突然不見。」

小露低下頭，最後輕輕回了一聲：「嗯。」

也不知道媽媽有沒有聽見，她轉身走向廁所，小露留在沙發上，她沒有再打開電視，好一會兒後，她才攤開小沙發上的棉被，抓起藏在棉被下的狐狸玩偶，把自己和狐狸一起捲進被子裡。

*

跟阿邦連絡過後，阿邦答應要幫忙調父女失蹤案的資料，只是當初的資料都是紙本，需要一點時間翻出來。

放下手機，方崇誠突然覺得累了，昨晚在辦公桌趴幾個小時，好像只讓他腰痠背痛，沒有一點睡過的感覺，他現在睏得反胃，走往車棚的一路還沒決定要直接回家睡覺，還是照常拐去買便當，跨上機車坐墊後還在猶豫，突然又想起應該跟柳奕萱連絡一下。

電話鈴聲一次都還沒響完就被接起來，劈哩啪啦聽到柳奕萱說：「誠哥嗎？還好你打來了！快跟我媽講，現在狀況到底怎麼樣？」

接著聽到遠遠的喊叫，只能依稀分辨是兩個女人逼近對罵的聲音，方崇誠從肚子緊張起來，面對輕浮的柳奕萱時感覺還好，但要面對兒子失蹤的媽媽，還是讓他不知道該怎麼開口好。

他印象中見過柳奕勳的媽媽一次，但現在已經完全回想不起是個怎樣的人，那是高中的時候，他去柳奕勳家討論小組報告，柳奕勳的媽媽有切水果端來給他們吃，後來他們討論到一半，不曉得發生什麼事，柳奕勳被媽媽叫出去半個多小時，好不容易回來的時候，也差不多到方崇誠該回家的時間，後來柳奕勳沒有時間再集合討論，就自己一個人把報告做完，雖然分數還不錯，方崇誠拿得挺心虛。

胡思亂想間，他聽到電話一頭傳來聲音。

「喂?請問是方警官嗎?」

「是，我是刑事局第二偵查大隊方崇誠。」

「奕勳真是麻煩您了!」對方的語氣柔和，反過來撫平方崇誠的不安。「目前他的狀況應該還好吧?」

「其實……我們目前還沒辦法直接跟他聯繫，只從綁匪口中得到保證，他至少會安全到明天。」至於明天以後的事，方崇誠還是決定暫時不必說。

「謝謝你們!」

這樣的真誠讓方崇誠覺得招架不住，他想至少老實說：「雖然手機基地臺定位出綁匪所在區域，但確切的位置還在查，希望能在綁匪保證的期限內查出來。」

「會在明天前查出來，那就拜託了！」

方崇誠感受到訊息傳達似乎有微妙的偏差，他再一次重複：「我們會努力，希望能在期限內查出來。」

「謝謝，奕勳能有你這個同學，真是太好了！」

「呃，我會努力……」方崇誠不知道該怎麼回答，再強調盡力未必能做到，對媽媽來說或許有些殘忍，但如果柳奕勳的媽媽真的有錯誤的期待，要是有個萬一……

方崇誠搖搖頭，趨散腦中可怕的想法，果然還是不可能對柳奕勳的家人說出這種話，因為連自己都不願意去想。

「我自己不方便出門，明天奕萱還會過去，先帶奕勳回家休息，如果還需要配合筆錄之類的事，就請您通融一下，讓奕勳之後再回去處理。」

方崇誠越聽越茫然，柳奕勳的媽媽說得煞有其事，但一切都建立在假想的前提，偏偏這個前提最難達成，卻又是他們共同的盼望。

己。

「這個……我們到時看情況處理。」方崇誠邊回答邊厭惡起含糊帶過問題的自

「不好意思，麻煩您了！」柳奕勳的媽媽到最後仍是很客氣地道別。

方崇誠正想掛電話，耳邊又傳來柳奕萱的聲音：「喂，你不要相信我媽喔。」

「什麼意思？」方崇誠不確定自己的理解力是不是下降了，總是跟不上柳奕萱的話。

「她對外人好聲好氣，但如果不順著她的話，怎麼死的你都不知道。」

現在是在威脅嗎？方崇誠在心中苦笑，不過柳奕萱也很受不了的樣子，頗認真地繼續說：「我明天要跑路了，當然不會去煩你們工作，但如果我媽打電話問你，我是不是在警局，你要說『是』喔。」

「喔。」方崇誠不太想介入母女吵架，隨口應了一聲。

「說好了喔？」柳奕萱再次確認，不過她也沒等方崇誠回應，逕自掛斷。

12月5日

凌晨的便利商店裡，櫃檯空蕩蕩的，冷藏櫃前的走道被一排補貨的塑膠籃阻塞，穿著單薄制服的店員把上半身探入鋁箔包間瑟瑟發抖。

叮咚——

自動門打開的時候，他沒有看見走進來的女孩，女孩穿著褪色泛黃的粉紅棉外套，明顯不屬於她尺寸的深灰色運動褲管在白運動鞋上積成皺摺，她的瀏海過頭齊平，耳下的髮尾卻參差不齊，像是被長大的孩子留在童年的量產娃娃。

女孩在店門口站了快要一分鐘，冷不防舉起腳步，每一步都仔細窺看四周，但與其說充滿警戒，不如說充滿好奇，她在每一個貨架前停下，讀每一個包裝上的文字，無聲的巡禮直到微波早餐的冷藏櫃前。

她再度靜止，這一次時間久到旁邊的店員總算伸直腰桿時，轉頭注意到她的存在，會在這種時間出現的客人往往是固定幾個，但這是個生面孔，雖然外貌上並不是惹眼的女性，進入第三個月大夜班的店員樂於跟這個時間出現的每一個活人攀談，但在開始上夜班前生活就不是多麼精彩的他，開口也只是講出：

「小姐，三角飯糰都已經補上最新鮮的囉。」

女孩轉頭看他，很仔細地端詳，雖然看不清楚被瀏海遮掩的視線，店員感受到赤裸裸的威脅，他在情感上想逃跑，但理性上說服自己，不過是個矮小的年輕女孩，比自己矮了一顆頭，看起來隨處可見，而且還是客人。

「無法決定要挑哪種口味嗎？」店員用刻意輕鬆的口氣說：「新出的明太子很不錯喔！」

「我要肉鬆。」女孩突然說。

幸好她還會講話——店員湧上這個念頭，但事實上他越來越緊張，他有種奇妙的感受，對方看著自己的眼神，並不是在看著同類，但如果他們並非同類的話，這個女孩又是什麼呢？

「肉鬆在那裡。」店員指出女孩要的口味，希望她趕快結帳走人，就算不買也好。

女孩的視線轉回三角飯糰，又看了許久，店員猶豫要不要繼續補貨，還是回櫃檯等女孩結帳，他不想背對這個奇怪的女孩，但又拿不準她會挑多久。

突然，女孩伸手拿了兩個飯糰，轉身往外走。

「等一下！」店員情急大叫。「小姐，先等我結帳。」

然後他三步併作兩步跑回櫃檯內，眼角餘光看到女孩全然呆愣的表情，但他無暇細思，打開收銀機，伸手向女孩：「給我刷條碼。」

他感覺到女孩交出飯糰的動作有些遲疑，緊迫的視線盯著他的手。

「一共是五十元。」店員低著頭說，當他遞出飯糰時，飯糰迅速從他手中被劫走。

「五十元……」女孩重複他的話，打開手上的男用皮夾，掏出許多硬幣，像個外國人般翻找，動作實在慢得誇張，店員腦中閃過報警的念頭，卻馬上為自己的衝動感到不可思議，沒有人會這樣搶劫，何況只是兩個飯糰。

「給我一百塊吧。」店員指出不斷滑過女孩指尖的紅色鈔票。「我找錢給妳。」

女孩抬頭看他，與其說不信任，不如說不理解，店員不想再耗下去，直接從收銀機拿出五十元，硬塞給女孩，換走她手中的一百元紙鈔。

「謝謝光臨。」

形同送客的話已經出口，女孩卻彷彿完全沒聽見，繼續站在櫃檯前研究剛拿到的五十元硬幣。

「小姐，妳要不要在那邊坐著吃？」店員再次嘗試。

「不行。」女孩搖頭。「我要回家。」

說完，女孩才突然想起來似地轉身，直接走出便利商店。

叮咚——

等到自動門再次關上，店員感覺自己終於鬆一口氣，他暗暗決定要跟早上交班的前輩講一講這個怪人，但他在交班時間前遇上一個要求美式咖啡三分糖去冰的客人，等前輩到的時候，他就只記得抱怨了。

*

方崇誠被手機鈴聲驚醒的時候是半夜十二點二十三分，今晚正好輪值的阿邦終於抽空調出當年那對失蹤父女的資料。

「爸爸叫陸眾雄，女兒叫陸秀琪，陸眾雄跟太太蔡璧月就只有這一個女兒，事件發生之後蔡璧月搬回娘家，所以資料裡有娘家的電話，我有打電話去詢問，她現在已經不住在那裡，但有問到她的手機號碼。」

方崇誠除了感謝之外已經說不出別的，但結束通話後，他開始猶豫要不要現在馬上連絡蔡璧月，如果在明天跟小露通話前得到陸眾雄父女的資訊，與小露談話的籌碼就更多，但現在這個時間點恐怕不是打電話的好時機。

稍微考慮一下，方崇誠還是決定現在撥出電話，再怎麼說都是有關女兒的消息，如果有機會找到陸秀琪，蔡璧月應該不會計較打電話的時間……對吧？

「喂？哪裡找？」接電話的是個聲音疲憊的女人，不過不像是睡夢中被吵醒。

「請問是蔡璧月小姐嗎？我是刑事局的偵查隊員方崇誠。」

就像任何一個民眾，聽到刑警的名頭，女人的聲音瞬間警戒起來：「發生什麼事了？」

「不好意思，有關陸眾雄先生和陸秀琪小姐，有些事情想再詢問您。」

「他們……死了嗎？」蔡璧月幾乎是立刻問。

方崇誠一愣，這不是個難回答的問題，只是他忍不住想會反射這麼問的人，到底是抱著什麼心情生活？

這時他聽到蔡璧月旁邊有人在說話，蔡璧月不曉得回應了什麼，然後就聽到腳步聲和開關門聲。

「好了，你想問什麼？」

「我們目前發現一個可能是陸秀琪小姐的人，雖然機會不大，還是希望您能提供資訊，協助指認。」

「找到秀琪……那眾雄呢？」

蔡璧月的反應讓方崇誠再次一愣，他決定不要說出目前的推測：「很抱歉，陸先生的部分，還沒有線索。」

蔡璧月一聲輕嘆，但不若方崇誠想像中的哀傷，接著她沉穩地問：「那個像是秀琪的人，她在哪裡？」

「我恐怕暫時還無法安排妳們會面。」方崇誠覺得一言難盡。「秀琪身上有沒有什麼可以證明身分的特徵？像是胎記之類，或許能說動她面對面指認。」

「秀琪沒有什麼胎記。」蔡璧月很肯定地說：「當天她穿卡通對戰精靈的白T恤和粉紅色短褲，還有寶石少女的發光球鞋。」

記得真詳細，只不過……方崇誠謹慎挑選用詞：「陸小姐現在算起來二十歲了，三歲時的衣著，比較難保留到這個時候。」

「會保留的東西嗎……」蔡璧月停下半晌，然後說：「她那時候隨著都要帶著一隻填充娃娃，她阿嬤——我是說眾雄他媽媽——就把娃娃拆開一個洞，縫進廟裡求的平安符，如果她還留著，只要拆開應該就可以確定。」

聽起來很有希望，方崇誠整個振奮起來，連忙問：「那是什麼樣的娃娃？」

「好像是貓……欸？不對，應該是兔子嗎？」蔡璧月反而陷入苦惱。「那是眾雄買的，早就跟他說玩具不要買那麼多，浪費錢，他還一直買、一直買。」

「不過現在就派上用場了。」方崇誠對忍不住開口勸架的自己感到滑稽。

蔡璧月的回應是一聲貨真價實的嘆息。

「如果妳有陸小姐的照片，也請麻煩提供越多越好，我們這邊有人能利用小時候的照片模擬長大後的樣子。」

「警察先生，你們到底是怎麼找到懷疑是秀琪的人？」蔡璧月突然問。「這麼多年沒消沒息，現在又突然跟我這樣說。」

「這個嘛……」這次方崇誠沒有愣住，他甚至覺得蔡璧月早該這麼問，但他好難回答。

「你可以老實告訴我，是眾雄做了什麼對不起我的事嗎？我已經再婚很多年，早就不在乎了。」

「不是因為陸先生的緣故，不能算是您想的那樣。」方崇誠耐不住開口辯駁，雖然他也不知道是為了誰而開口。「這兩天我們在偵辦一起綁架案，打電話來的綁匪之一，有可能是陸秀琪小姐。」

一陣異樣的沉默，許久才聽蔡璧月說：「這就是你們想找到她的原因嗎？」

「我懷疑這起綁架案的主謀，就是當初綁走陸先生和陸小姐的人。」方崇誠不知不覺間越講越快。「陸眾雄先生或許已經不在了，但秀琪小姐可能還平安，只是繼續跟綁匪一起生活。」

蔡璧月一時沒有說話，只聽見淺淺的聲息，方崇誠雖然焦急，但也可以理解這消息對她的震撼。

終於，蔡璧月喃喃說：「這樣啊，可是十七年了，我也未必認得出現在的秀琪，秀琪也未必還記得我。」

方崇誠無法反駁，雖然他覺得話不能這麼說，這不應該是可以就這麼放下的事情。

「至少拿照片來模擬看看？」方崇誠試著對蔡璧月說：「妳方便的時間到當地警局，跟他們說刑事局的偵查隊員方崇誠請妳過去，麻煩他們連絡我。」

「嗯。」蔡璧月含糊應聲。「有點晚了，我要先掛電話。」

「喔，是的。」說到方崇誠理虧處，他趕緊配合。「晚安……」

總覺得祝福在這時格格不入，方崇誠說得氣虛，但在電話切斷前，他聽到短促的一聲：「嗯，謝謝。」

＊

小露回到家中，輕手關上鐵門，屋子裡一片漆黑。

媽媽為了重畫設計圖，很晚才熄燈，小露等到媽媽的房間變暗很久，才到儲藏室拿柳奕勳褲子裡的皮夾。

便利商店比她想像中近，但要怎麼買飯糰讓她考慮很久，便利商店裡有一個男人，不像是媽媽會挑的，還好那個男人會好好講話，雖然他拿走飯糰的時候，小露差點以為拿不回來，但終究還是買到了。

小露背靠著大門，頭有點昏，一方面是餓，另一方面是睏，還有放鬆下來的虛脫，和前所未有的興奮，但她沒有給自己太多時間，得趕快讓三角飯糰消失在這個家中。

她摸黑把柳奕勳的皮夾放回原位，接著走到廁所，開門之前她先開了燈，亮光透出門縫後，她迅速開門進去，轉身又把門關緊，不要讓屋子裡的光線太顯眼。

等到小露終於能好好看向廁所中，柳奕勳已經清醒，見到小露的瞬間，他的雙眼猛然大睜，但嘴巴被布團塞死，什麼話都說不出來。

小露心中閃過媽媽轉向廁所的背影，然後她使勁扯出柳奕勳口中的填塞物。

「咳咳……妳……怎……」乾澀的聲音勉強吐出兩字。

小露這才瞥見，鏡中的自己眼皮還有點紅腫，但她不知道該怎麼說，所以直接把其中一個飯糰伸到柳奕勳面前。

「給你。」小露粗聲說，然後想起柳奕勳的雙手還被綁在馬桶後面。

「要……給我……」話似乎沒說完，但聽得出柳奕勳的疑問。

「你不吃嗎？」小露反問，她想柳奕勳應該很餓，他被帶回家是前天的事，就算那時候才剛吃飽，也已經整整兩天以上沒吃東西。

「嗯……可是手……」柳奕勳看飯糰的樣子不像討厭。

小露想了一下，拆開其中一個飯糰，咬了一口，然後拆開另一個飯糰，湊到柳奕勳嘴巴前，柳奕勳看著小露，反倒不看眼前的飯糰。

「吃啊。」小露趁著嘴巴吞乾淨，要嚼下一口前說。

柳奕勳張口，但牙齒擦過海苔邊緣，只落下幾顆飯粒，掉在他大腿的傷口上，小露把手往前伸一點，柳奕勳張大嘴巴，終於成功咬下一口，但這次稍嫌靠近，整張嘴被塞滿滿，又有幾顆飯粒被遺漏在嘴角，柳奕勳沒有理會，很努力咀嚼。

小露邊看著柳奕勳，邊吃自己的飯糰，空虛的肚子逐漸填進東西，人也開始感覺平靜，被禁飯後的第一餐往往是最幸福的時刻，尤其她現在又吃著三角飯糰有酸味的飯，過了一會兒才注意到柳奕勳已經停止咀嚼，小露趕緊又把飯糰往前塞。

柳奕勳突然咳嗽起來，把小露嚇了一跳，她轉身把門拉開一道縫隙，外面還是一片漆黑，咳嗽聲應該沒有吵到媽媽，或者是媽媽雖然聽到，但不當一回事。

小露回頭，見柳奕勳咳得滿臉通紅，肩上的傷口又有幾處開始汩汩泌流，其實他身上早就被流了又乾的血漬染得不成花紋，不過不要緊，等媽媽明天晝完，還會做最後的清理。

咳嗽終於停止，柳奕勳喘著氣，小露才放心關好門，不用想著隨時要把沒吃完的飯糰沖進馬桶。判斷柳奕勳的樣子暫時不適合吃東西，小露默默先把自己的飯糰吃完，接著她往廚房喝半杯開水，等她再度回廁所，柳奕勳的呼吸總算平順一點。

小露猶豫沒有很久，就決定先把拿馬克杯的左手伸向柳奕勳，柳奕勳馬上配合喝水，但喝得很小口，開水沿嘴角流過他的下巴，翻過脊稜進入陰影中的頸子，消磨溢散在往胸膛的路上。

小露放下馬克杯，柳奕勳放鬆為了喝水高仰的脖子，小露手裡還有半個飯糰，她看著沒有動作的柳奕勳，然後蹲下來找到柳奕勳的視線，把剩下的飯糰伸到他的鼻子前，柳奕勳的眼神終於聚焦在小露。

「還要給我嗎？」他低聲問，經過水潤的聲音明顯不同。

小露把飯糰對準柳奕勳的嘴巴，這一次已經吃飽的她可以專心拿捏距離，柳奕勳咀嚼的速度也明顯放慢，小露手中的飯糰穩定消滅。

柳奕勳吞下最後一口飯糰，小露站直身子，伸個懶腰，睏意又重新湧上腦袋。

「謝謝。」

突然聽見這個聲音，小露一時反應不過來。

「你買東西給我吃，我很高興。」柳奕勳進一步說。

「不客氣。」這次小露記得該怎麼回答，雖然她其實沒什麼特別的感受，買飯糰的時候，她想到柳奕勳，因為手裡拿著他的皮夾，然後小露想到柳奕勳很久沒有吃飯，小露自己沒有被禁飯這麼久過，很久沒吃飯的話，應該要吃飯，這是很自然的想法。

不過小露以前其實並沒有想過廁所裡的男人需要吃飯這件事，她只關心能不能維持男人們乾淨，讓媽媽能好好畫畫，說起來柳奕勳算是待得久，現在已經是第四天凌晨。

「小露小姐，我想跟妳說一件事。」或許因為吃過東西，柳奕勳的聲音聽起來比較堅定，他仰頭直視小露。

「嗯。」小露曖昧地回應，她無法移開視線，視線中的意志吸引她的專注。

「我想離開這裡。」柳奕勳宣告。「但是我猜想，為了離開而做的事，或許有些會使妳受傷，如果有這樣的狀況，請妳告訴我。」

小露愣了，她不意外柳奕勳想離開，所有男人都想，但柳奕勳想問她的事情，到底是什麼？

「你就算想走，也不能做什麼，當然也不會影響我。」

「我能做的確實不多。」柳奕勳微微點頭。「舉個簡單的例子，我要出去的話，得要先活著，所以我請妳幫我倒水，這樣會讓妳被媽媽處罰嗎？」

「媽媽不會知道的。」小露毫不猶豫地說。

「所以只要妳自己願意，這就是可以請妳做的事嗎？」

小露不覺得倒水有什麼不行，不然她一開始就不會做，所以她點頭。

柳奕勳露出笑容，遠比之前的每一次都還明顯而純粹。

「那麼，關於我剛剛的請求，妳可以答應嗎？」

「倒水嗎？」小露反問。

柳奕勳搖頭：「如果出現會傷害妳的狀況，請妳告訴我。」

「可以吧。」小露含糊地說，雖然她無法想像柳奕勳會做什麼，電視上的人被抓走都會有警察出現，但從小到大，小露從沒見過警察。

「謝謝。」柳奕勳鄭重點頭。「我也答應妳，會避免讓妳受傷害。」

答應的話，就一定得做嗎？小露覺得不安，她好像不小心答應柳奕勳了，只是說應該沒關係，媽媽說過的事情，大部分都沒有做，但如果「答應」就不一樣。

「為什麼，要答應我？」小露說出口又覺得自己不知道在講些什麼。

「我不想要因為自己傷害別人。」柳奕勳倒是回答得很快。

「傷害別人？」小露低聲重複。

「能夠不會有人受傷，當然是最好吧。」雖然疑問結尾，柳奕勳的語調聽起來很肯定。

小露從沒考慮過這樣的事，畢竟她向來只需要考慮媽媽，她努力思考柳奕勳可能哪裡說錯了，然後問：「你一開始沒有這樣說。」

「嗯。」柳奕勳坦承。「一開始我不知道妳希望我怎麼樣，如果妳跟媽媽一樣打算傷害我，我也沒辦法顧慮到妳。」

說起來，媽媽確實在傷害柳奕勳，但小露對於是否不傷害別人比較好還是存疑，如果這樣，媽媽就不能畫畫了，小露希望媽媽畫畫，不然她就不能搭車出去。

不過走路也可以出去，只是去得不遠，如果媽媽不畫畫，或許也可以做其他會出外的事。

只是，如果叫媽媽不畫畫，算是傷害她嗎？

小露覺得自己這輩子從沒一口氣想過這麼多問題，加上已經很愛睏，她打了哈欠，拿起擺在洗手臺的馬克杯，對柳奕勳說：「我要去睡覺了。」

「等等，先把我塞起來吧。」

「啊？」小露一愣，接著想起剛剛被她隨手丟在洗手臺裡的破布團。

「如果明天妳媽媽發現塞在我嘴巴裡的東西不見了，應該會像今晚這樣傷害妳吧？我答應會避免讓妳受傷害。」

小露拎起布團，隱約嗅到口水特有的臭味，柳奕勳已經張開嘴巴，小露趕緊把布團往裡面塞，她做得很熟練，知道得要把口腔撐到最大才能避免男人自己吐出來，即使看到柳奕勳皺眉，甚至隱隱乾嘔，也毫不猶豫。

「好了。」小露挺直腰桿，俯視成果，柳奕勳睜著眼睛，沒辦法反應，小露只好默默轉身。

這一次，小露又是在關上廁所門時才想到，自己應該說「晚安」。

＊

方崇誠滿心期盼能被蔡璧月的電話吵醒，聽到她回心轉意，願意拿出女兒小時候的照片，但還是一覺到天明。

到辦公室後，他卻接到另一通電話。

「誠哥，你在警局嗎？」柳奕萱的聲音穿過車水馬龍的噪音。「我現在在大門口，快把我哥房間的鑰匙給我。」

「等等，妳在哪間警局？」方崇誠不記得有跟柳奕萱講過自己的職位，除非她問媽媽。

「就是我遇到你的那間啊。」柳奕萱一副「你在說廢話」的口氣。

「我的辦公室不在那裡。」方崇誠解釋一陣子，柳奕萱才似懂非懂。

「反正我去你說的地址就對了，鑰匙準備好喔。」

「等一下！我過去找妳好了。」方崇誠想起今天早上他得去市警局，雖然不能參與搜查會議，專案小組還需要方崇誠回電給綁匪，雖然現在過去有點早，說不定有機會讓他混進去。

到市警局時，他遠遠就看到披頭散髮的柳奕萱，依舊穿著不知道多少年前的班服和疑似同一條牛仔褲，柳奕萱遠遠看到方崇誠，就對他大力招手。

「你還滿快的嘛。」柳奕萱接過公寓鑰匙，在食指上轉了轉。「我是不想來警局吵你們啦，但是這麼一大早就被我媽挖起來，煩得受不了才出門，結果到這裡什麼店都沒開，我爸也在上班，就只能先到哥的公寓窩著。」

「妳爸爸……在上班？」方崇誠聽柳奕勳說過爸爸在國中的時候過世，難道柳奕萱跟他不是同一個爸爸生的？可是時間上不符合，柳奕萱看起來只小他們三、四歲，不可能在柳奕勳十三歲後才出生。

「對啊，怎樣？他還沒退休。」柳奕萱答得漫不經心，然而她看到方崇誠詫異的表情，挑起眉。「誠哥，我哥該不會跟你說，老爸死了吧？」

「啊，這……」方崇誠說不出口，聽柳奕萱的口氣，他們的爸爸應該活得好好。

「唉——」柳奕萱誇張地嘆氣。「真無法想像我哥會聽話到這種程度，竟然連對八竿子打不著關係的同學也跟著媽媽瞎扯。」

「什麼意思？」雖然隱約知道是別人的家務事，方崇誠還是不能接受被矇騙，柳奕勳真的說謊嗎？到底為什麼要說這種謊？還是這個暴衝的妹妹才是說謊的一方？

「我爸媽離婚之後，我媽就跟我們說爸爸死了。」柳奕萱翻個白眼。「拜託！這種話連小孩都騙不了，那個時候小四的我都不信，你說我哥有信過嗎？而且爸爸一直跟我們兄妹都有私下聯絡，我真搞不懂哥哥騙你幹麼？」

方崇誠說不出話來，妹妹不懂的事，他怎麼可能會懂？想不起來柳奕勳是在什麼時候提到爸爸，只記得當時他一貫輕描淡寫的神情，從小順遂的方崇誠連兩邊祖父母都健在，不知道該對已經沒有父親的同學說些什麼，只能愣愣看著柳奕勳的側臉。

「幹麼？」柳奕勳突然轉頭，露出淺淺的笑。「今天要吃蔥油餅嗎？」

那時候方崇誠很感謝柳奕勳自己轉移話題，如今想起柳奕勳的笑容，方崇誠忍不住揣測背後的思緒。

突然他被一拍肩。柳奕萱似笑非笑地盯著他：「習慣就好，我也常常在想，到底是我媽比較瘋，還是我哥比較瘋？」

方崇誠定一定神，終於重新開口：「你們爸爸知道你哥的事了嗎？」

「嗯。」柳奕萱點頭，講到爸爸，她看起來正經許多。「我打電話跟他說過，不過他沒辦法請假，而且我也勸他，反正這種事我們也幫不上忙，警察都開始找人了，需要的時候再配合就好。」

「啊……謝謝。」方崇誠有點意外收到柳奕萱突然直球的信任，讓他一時結巴。

「說什麼謝謝？應該是我說吧？」柳奕萱失笑。「反正你找得到我哥也好，找不到也不怪你，都是他自己的錯。」

其實方崇誠不是負責找柳奕勳的人，但他沒有糾正柳奕萱，而是回答：「不會是他的錯，應該負責的只有綁匪，我們一定會把他找出來。」

「難說呢，可憐之人必有可恨之處。」柳奕萱聳肩，然後小聲又道。「這麼說來，可恨之人，也往往有可憐之處吧？」

方崇誠猜不透柳奕萱這時逸飛的思緒究竟想到什麼，但柳奕萱很快就拉回視線，對方崇誠說：「好啦，我走了，回我哥房間補個眠。」

「嗯。」方崇誠目送柳奕萱快步離開，然後他也踏上機車，往市警局過去。

＊

感覺到震動的時候，小露從沙發上跳起來，她摸出枕頭下的手機，第二次接電話還是讓她手足無措，不小心把來電掛斷，還好對方馬上又撥號，這次她總算成功接通。

「喂？」小露學著偶爾看到媽媽接電話的樣子，對著虛空說。

「我是方崇誠。」跟昨天相同的聲音說：「我要告訴妳關於爸爸的事，先讓我跟柳奕勳說話。」

果然還是很想跟柳先生說話，小露在心中嘆氣，她不太想讓柳奕勳知道自己照著他的建議做，但小露還是走向廁所。

開門之外，她照例接觸到柳奕勳迎上來的視線，柳奕勳看到小露後，進一步睜大眼睛，小露什麼話也沒有，只是在馬桶前蹲下，拉出柳奕勳口中的布團後，把手機湊到他耳邊，幸好媽媽向來不畫臉，所以不會弄髒手機。

「喂？」柳奕勳遲疑地開口，不久後篤定地回答。「是，你是崇誠？」

電話另一頭在講話時，小露只能看著柳奕勳的臉，他看起來很專注，大概也很想跟崇誠說話。

「我沒事。」柳奕勳聽起來氣虛，小露並不覺得他沒事，不知道為什麼要這樣對崇誠說？

果然又過了一會兒，柳奕勳還是坦承：「很餓，但我凌晨有吃三角飯糰。」

小露注意到，柳奕勳說到飯糰時，嘴角不著痕跡地淺淺勾起。

但對方好像不太相信飯糰，沒多久柳奕勳又說：「四天而已，餓不死。」

小露覺得手痠，單方面聽柳奕勳跟人講話也無聊，於是她收回手機，站了起來。

「好了嗎？告訴我爸爸的事。」

「啊，換妳了。」對方聽起來有點失望，但他還是回答。「有關妳爸爸的調查，大部分還是猜測，但如果妳多說一點妳媽媽的事，或許就能證實我的猜測。」

「媽媽的事早就說過了。」小露不耐煩催促。「我都讓你們講話了，你到底有沒有調查到爸爸？」

「小露。」對方絲毫沒有被刺激的樣子，反倒更沉穩地說：「我懷疑，妳所說的『媽媽』，並不是妳真正的媽媽？」

「我問你爸爸的事，不是媽媽的事。」小露尖聲抗議，媽媽哪可能不是媽媽？不然她是誰？

像是回答小露內心的反問般，對方又說：「妳叫『媽媽』的那個人，可能殺了妳的爸爸。」

媽媽……殺了爸爸？

一個鮮明的畫面出現在小露心中，那是她看過無數次，媽媽完成的作品，是呢，爸爸當然也是男人，被媽媽殺死再合理也不過，小露有些信了崇誠的話，但她知道不能輕信，另一部分是，她希望爸爸沒有死，有一天會出現在家裡，當媽媽去上班或關在房間裡的時候，能夠在她身邊。

也許把她思考的沉默當作發愣，電話另一端的崇誠自顧自繼續說：「我已經找到妳真正的媽媽，她說妳在很小的時候跟爸爸一起失蹤，如果那個孩子就是妳，現在這個『媽媽』就是綁架妳、殺害爸爸的人。」

小露覺得可笑，她又不是男人，為什麼會被綁架？不過她沒有跟崇誠說那麼多，只是姑且問：「我又要怎麼知道自己是不是那個媽媽失蹤的小孩？」

「妳有從小帶在身邊的填充玩偶嗎？」對方的聲音突然微微顫抖起來。「把玩偶的縫線割開，妳會看到裡面有一個護身符，是妳爸爸為妳準備。」

小露掛掉電話，如果崇誠堅持爸爸死了，對小露來說就沒有用，她得想別的辦法。

這時小露才發現，柳奕勳盯著她看，小露粗魯地別過頭，離開廁所。

她回到每晚睡覺的沙發邊，看到狐狸不知何時滾在地上，小露撿起狐狸，盯著它沒有反光的豆子眼。

小露爬上冷氣窗，從塑膠板後面翻出尖刀，她把玩著狐狸娃娃，直到在狐狸的屁股上找到一條明顯的縫線。

刀尖捅進玩偶，輕鬆割開縫線，又髒又臭的棉花冒出來，小露把指頭伸進去掏，不久伴隨著棉花抓出一個方形的紅布囊，上面的黑字已經模糊不清。

小露盯著掌心中的布囊，回憶裡是隻布滿皺紋的手，她應該不曾見過這麼老的人，但記得那雙手俐落割開狐狸玩偶，將紅布囊塞進去。

是什麼時候的事？

小露記得一間陰暗的客廳，牆上高高鑲著木臺，她只能見到紅色的燈火和燻黑的天花板。

是哪裡？

她還記得一個背影，頭髮又短又捲，駝著背，坐在矮凳上。

是誰？

紅布囊彷彿自掌心灼燒，讓小露在十二月的空氣中泌一身汗，她匆匆把布囊塞回狐狸玩偶的棉花中，再把狐狸塞回冷氣窗的塑膠板後面。

——小露小姐？

隱約聽到廁所裡的聲音，讓小露確定自己還在熟悉的地方，不過在家裡第四天的男人，竟然開始覺得習慣，小露走回廁所，發現門也沒關，用來塞嘴巴的布團還散在地上。

柳奕勳的視線抬起來，但只是等著，沒有開口。

「你……不是叫我嗎？」小露撿起地上的布團，走近馬桶。

「提醒妳忘了的東西，還有……」小露靠近後，柳奕勳反而看不到她的臉，但視線仍然追著小露抬高。「我同學剛剛說了什麼嗎？看妳突然跑出去。」

「他……也找不到爸爸。」雖然招認自己有問過爸爸的事，但小露還是比較想抱怨。

「我聽到有關妳媽媽的事情。」

「他……」小露本來要說亂講，但剛才手中布囊的觸感如此真實。

「不確定的事情，就慢慢確認，很多時候時間是有用的。」

柳奕勳的聲音柔和但清晰，小露思索自己還需要確認什麼。

「媽媽的事情不重要。」

「這樣嗎？」雖然沒辦法對上小露的眼睛，柳奕勳很認真望著她寬鬆的運動服。「看妳急忙跑出去，我猜想是妳很在乎的事情。」

「就是覺得奇怪而已……」小露的聲音越說越小。
「會讓妳好奇，想知道真相嗎？」
「對啦。」小露回答後又補充。「可是就算他說對了，又怎樣？所以不知道也沒關係。」
「也是。」儘管被傷口阻撓，柳奕勳還是稍微點頭。「對妳來說，媽媽是誰並不重要，只要有得吃住，能出門，這些才是重要的。」
今天以前，小露不曾想過媽媽可能換人，被柳奕勳說出口後，她倒真覺得一起住的人是誰，並沒有太大影響，或不如說，如果不是媽媽，是個不會處罰她的人也好，但想到跟其他人一起生活，小露又覺得害怕，不知道會發生什麼事。
如果崇誠說的話是真的，小露有可能變成跟另一個媽媽住嗎？雖然小露不太覺得這種事情會發生，還是有那麼一點點不安。
「我說得不對嗎？還是妳擔心其他的事？」
小露搖頭，但其實不知道自己在否認什麼，柳奕勳讓她越來越搞不清楚該怎麼做比較好，她原本只需要聽媽媽的話，一切都會很好。
「沒有是好事。」柳奕勳淺笑。
小露看著柳奕勳的眼睛，而柳奕勳無法看到她，也許是昨晚吃過東西，這雙眼睛看起來有精神許多。
「對你不好。」小露說。
「嗯。」柳奕勳收起笑容。「我很希望能有對我們都好的事。」
小露把手中的布揉成一團，柳奕勳配合地張開嘴巴，她把布團重新塞好，恢復媽媽看了不會生氣的樣子。

＊

——喂？
——柳……奕勳嗎？
——是，你是崇誠？
——對，我們從基地臺鎖定你所在區域，但需要進一步線索，你如果知道被關的地方在哪就答『還好』，不知道就答『沒事』。
——我沒事。
——那個地方，如果早上有陽光就說『很餓』，下午有陽光就說『很渴』，都沒有就說『不會』。

——很餓，但我凌晨有吃三角飯糰。

——你有看到綁匪車子的話，按照『黑白灰藍綠紅』的順序回答數字。

——四天而已，餓不死。

方崇誠按下錄音播放程式的「暫停」鍵，然後把游標拉回最前面。

「你同學反應還真快。」坐在旁邊的游孟辰感嘆。「能夠冷靜聽完選項就不簡單了，你還問什麼『黑白灰藍綠紅』對應數字，他算出藍色是第幾個之外，馬上想到一句順著前面對話的回答，這個說不是套招，人家還不信。」

「我設計問題也是有考慮他能不能回答。」雖然不是在稱讚自己，方崇誠有種莫名奇妙的驕傲感。「不過你們搜查會議擬的問題清單也太長了，想了半天也只問到三題。」

「又不知道綁匪會給你們多少時間，盡量準備嘛。」孟辰為自己偵查隊的弟兄姊妹說話。「是說你幹麼硬要自己加有沒有陽光那題？如果他根本沒注意怎麼辦？差點連車子的顏色都問不到。」

「方位很重要啊，那一帶公寓很多，可以直接刪掉一半以上的房子。」方崇誠回答。「而且我知道他是會觀察這些的人。」

「你說了算。」孟辰聳肩。

方崇誠又按一次「播放」鍵，相同的對話再次響起，他尷尬地聽著自己的聲音，說出「柳」之後明顯頓挫，叫習慣的綽號在眾目睽睽之下卡住，硬生生改成本名，綁匪面前的柳大反倒自然叫出他的名字。

方崇誠省略安撫的話，直接切入正題，一方面時間寶貴，二方面他無法想像要怎麼安撫柳奕勳，柳奕勳也確實如他想像中沉穩答話，甚至在說出三角飯糰的時候，方崇誠確信自己聽到柳奕勳的笑意。

方崇誠不由自主按下「暫停」，拉回幾秒前，重聽一遍。

——很餓，但我凌晨有吃三角飯糰。

「怎麼了嗎？」旁邊的孟辰壓低聲量。

方崇誠搖頭，這句話很自然，但伴隨話中的笑意，讓他沒來由地不安，腦中不斷浮現柳奕勳含在嘴角的笑法，彷彿把思緒也一起含在未說出口的話中。

「沒怎樣的話，你是不是該回去了？」孟辰恢復原本的聲量。「分局的人已經在查那一帶藍色的車，同時調停車場的監視器交叉比對，應該晚上就會有結果，幸好綁匪的車是比較少見的藍色，不然查回來的名單一定長到不想看。」

方崇誠放開滑鼠、靠上椅背，他知道自己已經待得太久，是因為柳奕勳的事件開始調查後，瑞姊就盡分派一些無關緊要的工作給方崇誠，他才到現在還沒被催。

方崇誠覺得很不舒坦，如果這時讓他忙得不可開交反倒好，他就不會想著小露口中「因為死掉了啊」的期限，卻不能插手。

「方快？」孟辰重複。

方崇誠站起來，伸個懶腰，喃喃說：「三角飯糰，妳會想到什麼？」

「啥？」

「三角飯糰。」方崇誠重複。「他在回答很餓之後，又補充說在凌晨有吃三角飯糰。」

「那又怎樣？」孟辰關掉錄音播放程式。「可能他其實不是很餓，怕我們擔心，所以才進一步說明。」

方崇誠點頭，聽起來相當合理，但他不是完全心服口服。

「有什麼不對勁嗎？」孟辰抬頭，盯著方崇誠的眼睛。

方崇誠搖頭，但又點頭：「他……我不太確定，但剛才講到三角飯糰，他好像……在笑？」

「笑？」孟辰的視線讓方崇誠渾身不自在，他突然覺得後悔。

「可能是我搞錯了。」方崇誠轉身，但他聽到背後的聲音。

「方快，你覺得不太尋常，對吧？」

方崇誠回頭乾笑：「我的角度不可能客觀。」

「我一直都覺得奇怪。」孟辰說：「之前有問過你，為什麼綁匪要打電話給你，有印象嗎？」

「嗯。」現在換方崇誠很想趕快離開這間辦公室，但他不好打斷游孟辰。

「老實說，昨天晚上我在值班休息室想了很久，如果說那通電話另有目的，譬如說，打從一開始就希望警方介入？」

「怎麼可能！」方崇誠立刻反應。「哪有人綁架希望給警察知道？」

「但如果這就是綁架一開始的目的呢？」孟辰面不改色地反問。

「什麼意思？」

「都說到這裡，我就把話講白吧。」孟辰淺嘆一聲。「你有沒有想過，這整起綁架會不會是個騙局？」

「妳是說，誰騙誰？」方崇誠緊接著問，儘管他已經隱約猜到孟辰的思維。

「假使你同學需要假造一個自己被綁架的事件呢？」

方崇誠看著孟辰的眼睛，知道她是認真想過才說的，但方崇誠自己無論如何都不會這樣懷疑柳奕勳。

也許是把他的沉默當作驚訝，游孟辰緩聲解釋：「我知道你花了一整晚挖出連續失蹤案，但對於這些事件之間的關聯性，我還是抱持保留態度，尤其這次自稱是綁匪的母女檔，你也不是不知道，連續殺手幾乎都是男的，我不管是什麼先天還是社會差異，總之遇到奇怪的事就得多一點懷疑。」

「我們不能因為少見就不去考慮。」方崇誠反駁。

「所以我說只是懷疑。」孟辰不見退縮。「再來是綁匪打來的那通電話，如果說打電話給你有什麼特別的目的，我想一定跟你同學脫不了關係吧？畢竟認識你的是他，不是綁匪，除非她們一開始的目標就是你，才刻意綁架他，你自己跟誰結怨自己最清楚，你覺得有可能嗎？」

「哪來這種事……」

「我想也是。」孟辰很乾脆地結論。

「可是他也沒有理由自導自演被綁架。」

「我不知道是為了保險還是什麼，除此之外我暫時想不到還有什麼金錢上的利益，如果是其他方面的好處，你應該會比我更了解他。」

「我嗎？」方崇誠愣了，他突然想起柳奕萱的話——無論跟我哥講過多少話、一起行動多久，他永遠像只有半個人在你身邊。

「一時想不到的話，就先擱著吧。」孟辰起身，但被方崇誠攔住。

「等等，這些都是建立在這次綁架跟之前失蹤無關的前提下，如果他要偽裝，有可能恰巧符合這個模式嗎？」

孟辰仰頭看方崇誠，輕嘆一聲：「模式是被人歸納出來的，你那個同學有來局裡蒐集資料做研究，對吧？你陪他做研究應該比較清楚，他可能有機會接觸到那些失蹤案的資料嗎？」

柳奕勳安靜而專注的側臉突然清晰地回到方崇誠心裡，那是幾個月前，他聽老員警說故事時的樣子。

「妳昨天還說我沒證據，要換我說妳一點證據都沒有了。」

「是啊。」孟辰答得平和。「就算連續失蹤案、那通電話和你同學出奇冷靜都讓我覺得奇怪，這些充其量只是我的直覺，而我最不信任直覺了，相反地，我相信只要腳踏實地繼續調查車子那些，遲早真相會說明一切。」

孟辰起身，經過方崇誠時順手拍一下他的肩膀。

「你也是，感覺得到你很拚命在幫他，但如果因為這樣執著在自己調查到的方向，幹勁有時候反而會把你帶進死路。」

說話間，孟辰打開辦公室的門，側身讓出通道，方崇誠只得嘴上含糊一聲

「嗯」，乖乖離開第四偵查大隊的地盤。

*

小露躺在沙發上，胸口躺著露出棉花的狐狸，日光燈還沒打開，牆壁被落地窗照入的光染成橙色。

屋子裡靜悄悄，小露有點想尿尿，但她一點都不想動。

每次轉頭，牆上的時針就前進一點點，媽媽就快要回來。

客廳越來越暗，幾乎看不見時鐘裡的指針時，小露慢慢爬起來，她爬上冷氣窗，把狐狸塞進塑膠板後面，很擠，得要使勁全力，但塑膠板還能完全密合。

小露打開電燈，家裡總算有一點原本的氣息，她煮了肉燥和麵，炒青菜的時候，大門開了。

媽媽越過小露肩膀，看一眼爐上的菜色，但沒有說什麼，小露側臉偷看媽媽，媽媽站在餐桌邊翻廣告信。

小露把煮好的麵端上桌，媽媽這時才轉頭，小露窺看媽媽的臉色，她看起來像是考慮要不要懲罰小露時的樣子。

「我先去把男人……」

「不用了。」媽媽沉聲說：「新買的刀還沒到，今天也沒辦法畫畫。」

小露看著媽媽去添麵，然後才拿了自己的碗筷。媽媽在餐桌對面坐下。

「那男人的狀況如何？」

「應該還不會死。」小露回答。

「嗯。」媽媽像是很滿意，臉色也和緩一點，開始吃麵。

「媽媽。」

媽媽停下筷子，盯著小露，但小露還是繼續說：「也要給那個男人吃飯嗎？」

媽媽皺眉，反問：「妳怎麼突然想給他吃飯？」

「我怕等到新的刀過來，他就死掉了。」

「那妳昨天幹麼搗亂？」媽媽陡然拉高聲音，讓小露縮了一下肩膀，她還是看著媽媽，從媽媽的表情看起來，這個問題不需要回答，昨天發現設計圖被小露破壞的時候，媽媽就已經認定是因為早上被打的事情，小露覺得這樣比較好，如果被媽媽知道她後來還有用手機，還不只一次，一定會更慘。

「妳想餵他還是怎樣都隨便妳，但他要是在畫完之前死了，妳皮繃緊一點。」

小露迅速點頭，又問：「媽媽，死掉的話，就不能畫了嗎？」

媽媽愣了一下，然後疾聲回答：「當然，我哪一次畫過死人？」

「可是，男人死掉之後，也不會馬上爛掉，應該還是……」

「問這麼多幹麼？」媽媽的碗筷在桌上敲出清脆的聲音。「規定就是規定，妳做不到就是要處罰。」

「我不會讓他死掉。」小露小聲說：「只是我想知道，為什麼要畫畫？」

「問這個……」媽媽突然住嘴，她轉頭看一眼緊閉的廁所，然後傾身問小露。「妳這幾天很不乖，是因為那個男人吧？他叫妳問這個嗎？」

小露抿著嘴，搖頭。

「不要騙我。」

「這是，我自己想要問的。」小露看著媽媽，媽媽的眼神鬆動，有點茫然。

「那妳為什麼突然問東問西？還把設計圖弄壞、刀子丟掉，這些事都發生在他出現之後，他真的什麼都沒說嗎？」

換小露匆匆瞥一眼廁所，然後她直視媽媽回答：「他說，他有個媽媽在家裡，他負責出去。」

「然後呢？」媽媽坐直身子，繃起臉。

「媽媽，如果有一天，妳也被抓走了，我又不知道怎麼生小孩，那怎麼辦？」

「唉——」媽媽嘆氣。「我不會被抓走，不用想這種不可能的事。」

「為什麼？」小露幾乎是立刻發問。

「我說不會就是不會。」媽媽低頭夾了一大把菜，把碗都淹沒。「然後呢？這跟畫畫沒有關係吧？」

「畫畫啊……」小露吸一口麵，一邊嚼的時候，媽媽反倒又停下筷子。

「說話啊。」

小露吞下麵之後，回答：「我在想……如果媽媽不畫畫了，我們還會坐車出去嗎？」

「這跟那個……啊，他叫妳阻止我，但是妳擔心不畫畫就不能出去玩，對吧？」媽媽盯著小露，嘴邊微微冷笑。

小露搖頭。

「妳說什麼也沒用，只有準備畫畫才能出去，媽媽給妳吃、給妳住，所以妳要聽話。」

小露低下頭。

「那個……我的爸爸……」

「什麼爸爸？」媽媽猛然大吼，小露的碗掉在桌上，震了一桌肉汁，她縮著肩膀，怯生生盯著媽媽的舉動。

「不是很久以前就說過，妳沒有爸爸！這也是他叫妳問的嗎？不三不四的人隨便說一句妳也聽？為什麼不聽媽媽的話？」

還好只是罵而已，小露等媽媽喘息的時候，低聲說：「他說，他爸爸死了，我想我爸爸是不是……」

「妳什麼爸爸？妳又沒有，幹麼想要爸爸？爸爸只會浪費錢，是我養妳的，妳就要聽我的話，不然我就不養妳了，看妳怎麼辦？」

小露沒有再說話，也不敢再把碗端起來。

媽媽換口氣後，大概看小露安靜，語氣也緩和一些：「我從一開始就跟妳說過，以後也不會變，乖乖聽我的話，不准亂跑，就給妳飯吃、給妳地方睡。」

——乖乖聽我的話，不准亂跑，就給妳飯吃、給妳地方睡。

高高在上的視線讓小露動也不敢動，她盯著腳邊的男人，男人同樣動也不動。

那是什麼時候的畫面？一開始又是什麼時候？

——聽到沒？回答我啊！

小露還是動也不動。

「聽到沒?回答我啊!」

小露抬頭，當初她怎麼都不肯說話，看著媽媽把男人的衣服剪開，露出不經晒的皮膚，然後拖著腋下，拉進廁所中，廁所的門關上，水聲響起，她鼻子又酸了，但一滴淚也擠不出來。

而現在的小露，看著媽媽的眼睛，回答:「好。」

＊

方崇誠打了幾次手機都是語音信箱，他決定拎著便當，直接來到柳奕勳的公寓，雖然柳奕萱大概又會擺出一副不在乎的樣子，方崇誠還是覺得有必要報告一下她哥哥的調查進度。

鐵門內隱約透出光線和生氣，電鈴響了兩次才終於打開，柳奕萱依舊穿著寬大的家居T恤，披散的長髮好像剛被床還是沙發蹂躪過。

「又是你啊，還想說我聽錯了，怎麼可能有人來找老哥。」

「呃……」方崇誠看柳奕萱堵在門口，不像有要邀請他進去的意思，猶豫著到底該直說，還是用便當暗示自己想坐下來吃晚飯。

「還沒找到我哥吧？看你的臉就知道。」

「嗯。」方崇誠點頭承認。「是有一些進展，可是妳的手機打不通，所以我直接過來找妳。」

「我把手機關了，不然我媽會把它打到燒掉。」柳奕萱輕嗤一聲，接著眼睛突然一亮。「啊，你既然特別跑來告訴我調查進度，就順便打電話給我媽報告一下吧！」

「這個嘛……」想到柳奕勳的媽媽，方崇誠就開始頭痛，他把便當在柳奕萱面前舉起。「先讓我吃飽飯再說吧。」

說到這個份上，柳奕萱才閃身讓方崇誠進到公寓，客廳桌上除了開著的筆電外，還有吃到一半的洋芋片和幾個空袋子，以及家庭號的可樂，不像是打算吃晚餐的樣子，以這種飲食條件，柳奕萱的身材堪稱奇蹟，大概是一種遺傳吧？

柳奕萱在電腦前坐下，方崇誠把桌上吃剩的包裝紙清掉，才終於有空間放便當，他扒了幾口飯，柳奕萱也不說話，埋頭對著螢幕打字。

「今天早上綁匪跟我們電話聯絡。」方崇誠開口說，柳奕萱沒有反應，喀喀喀喀的打字聲絲毫不受影響。

「奕萱？」

「我在聽啦！」柳奕萱維持相同的姿勢。

方崇誠放棄跟柳奕萱溝通，自言自語般繼續說：「我們有跟你哥哥講到話，想辦法從他口中問到資訊，他說綁匪的車是藍色，當天出入停車場的藍車有八輛，但是沒有一輛的車主戶籍地在基地臺的涵蓋範圍內，不曉得是作案的場所不是住家，還是綁匪沒有住在戶籍地。」

「不住在戶籍地也是很常見嘛。」柳奕萱還是盯著電腦，但意外捧場地回應。

「是啊，所以我們還在調查那八位車主的詳細資訊。」

客廳裡又只剩下喀喀喀的打字聲，方崇誠三兩下扒完便當，柳奕萱看也沒看，似乎也不打算催方崇誠聯絡媽媽。

「對了，你哥哥有保險嗎？」方崇誠故作若無其事。

柳奕萱顯然毫不在意地，漫不經心地回答：「我媽從小就幫他買儲蓄險啊，好像已經可以領了，醫療險也是有，他自己有沒有買其他，我就不清楚。」

「那，壽險呢？」

方崇誠自己覺得這個問題很唐突，但柳奕萱無視禮貌顯然沒有雙重標準，一點都不介意地回答：「我媽是沒買啦，反正哥不在的話，她大概也不會活了，所以沒這個需要吧？」

什麼保險的果然不構成自導自演的理由，方崇誠不無安心地想，但一方面柳奕萱話中的輕忽又讓他發毛。

「妳不會擔心嗎？」

「擔心什麼？」

柳奕萱還真一副無所謂的語氣，方崇誠分不出這是逞強還是淡漠，繼續問：

「都已經確認是綁架了，不擔心妳哥哥的安危嗎？就算跟他不親，也為妳媽媽擔心一下吧？還是說……」

「還是說怎樣？」柳奕萱不解地反問。

方崇誠不知道該不該對著柳奕勳的妹妹說出方才嚥下的話，或者說，他不確定柳奕萱能不能給出什麼建議。

「你在懷疑我哥喔？」

「不……這……」方崇誠相信自己並沒有這樣的想法……應該？不過柳奕萱會這樣問，難道她……

「你可以對我直接一點啦，我又不是兄控。」

方崇誠不懂什麼是「兄控」，不過聽柳奕萱輕蔑的口氣，大概是某種好人吧？

「其實是我同事，她一直很懷疑綁匪為什麼要主動打電話給我，又沒有勒索贖金，甚至懷疑你哥哥蓄意要造假綁架。」方崇誠回想起自己那句三角飯糰，開啟游孟辰的話題，嘆一口氣。「大概是我太疑神疑鬼，害她以為這麼荒唐的假設不只是她一個人的幻想。」

「疑神疑鬼？」

方崇誠遲疑了，他覺得自己要講的話有點失禮，雖然柳奕萱應該不會在意。

「快說啦，開個頭不講完很惡劣欸。」

在柳奕萱的催促下，方崇誠原原本本講出早上與柳奕勳的對話，包含他注意到的那一絲笑意。

「嘖，那個心機鬼笑起來絕對不安好心。」

「可是他也沒理由製造假綁架。」方崇誠連忙為柳奕勳辯護。

「未必是對你啦！說不定是對綁匪不安好心啊？」柳奕萱終於停下手，往沙發椅背一靠。

「他能對綁匪不安什麼好心？」方崇誠當然也希望柳奕勳有辦法反制綁匪，不過他不會仰賴這種不切實際的妄想。

「誰知道？」柳奕萱聳肩。「譬如說祕密傳訊之類的啊，你們有約定什麼暗號嗎？」

「哪有這種東西啊？妳有嗎？」

「怎麼可能會有！」

突然一陣沉默，方崇誠腦中浮現第一次跟柳奕萱一起進來這間公寓時，她所說的話。

——你難道不覺得嗎？無論跟我哥講過多少話、一起行動多久，他永遠像只有半個人在你身邊。

那另外半個柳奕勳，到底在想什麼呢？

方崇誠重新想一遍柳奕勳的話，讓他難以釋懷的笑意是跟「三角飯糰」一起出現，那整句話是「很餓，但我凌晨有吃三角飯糰。」

三角飯糰、便利商店、綁匪讓柳奕勳去便利商店……不，不可能，所以是……綁匪去了便利商店？

但那又如何？雖然便利商店有監視攝影機，光基地臺範圍內的便利商店就不知道有幾間，今天凌晨去買三角飯糰的人更是不計其數，事先不知道臉的話，哪可能確定哪一個是……

「陸秀琪！」

柳奕萱整個人彈了一下，第一次轉頭正眼看方崇誠。

「我想到了！應該跟妳說過我懷疑兩個綁匪之一是十幾年前失蹤的小孩吧？那個孩子名叫陸秀琪，如果拿她小時候的照片，模擬出現在的長相，對照附近便利商店的監視錄影，說不定會有收穫。」

「這麼正好去了會被監視攝影機拍下來的便利商店啊，不會是被我哥催眠了吧？」柳奕萱冷笑。

「催眠？」這兩個字的氛圍，讓方崇誠沒來由地不安。

「開玩笑的啦！」柳奕萱大笑。「哪可能說催眠就催眠？」

不過聽說催眠是真的呢，方崇誠好像聽她又小聲這麼說。

「反正試試看吧。」方崇誠用自己的聲音打散不安。「不過有個困難，陸秀琪的媽媽不太想配合的樣子，昨天就聯絡到她，請她找秀琪的照片，但她今天一整天都沒有消息。」

「不想找前一段婚姻的小孩嗎？世界上也是有這種媽媽啦。」柳奕萱滿不在乎地說，回頭繼續打字。

方崇誠直覺不是這樣，但他懶得跟柳奕萱多說，把空便當盒打包好站起來。

「我再聯絡秀琪媽媽的娘家看看好了。」

「喂！」柳奕萱立刻轉頭叫住方崇誠。「那我媽呢？你不打給她？」

「沒空。」方崇誠感覺似乎抓到對付柳奕萱的訣竅，在柳奕萱的大聲抗議中，拍拍屁股離開公寓。

＊

啪——

臥房門縫透出的光也消失了，公寓中陷入完全的黑暗，等到屋子裡的氣息變得沉靜，小露扶著沙發站起來。

陽臺的窗透入青靛色，家具模糊佇立在曖昧中，小露僅憑印象無聲移動在這……住了多少年的地方呢？

她爬上冷氣窗，為了避免發出聲響，花了比平時更長的時間，才從塑膠擋板後面拿出刀子。

昨天之前，小露沒有碰過媽媽的刀子，她在惡劣的光線下檢視刃鋒，反射的銀光依然犀利。

小露緩緩轉開廁所的門把，即使她自己什麼聲音也沒聽見，仍然在門縫拉開的瞬間感受到馬桶上的男人渾身一緊，而當小露的身形出現在門口，雖然動也無法動，小露很確定知道，他滿布肌膚的累累傷痕都放鬆了。

廁所的小窗讓她隱約見到柳奕動的瞳仁，因為黑暗又圓又亮，像是要說什麼，但他的嘴仍被布團撐大。

空間裡飄著隱隱若有似無的尿騷味，小露考慮了一下，決定在關門後沖水，水聲漸漸消失的時候，她側耳注意外面，屋子仍在沉靜中。

小露走向馬桶上的柳奕動，柳奕動見到她手上的尖刀，視線中露出疑惑。

小露蹲下，被麻繩緊縛的雙腳出現在她面前，血漬滲入纖維形成詭異的赭紅，被纖維壓陷的肌膚透出鮮嫩的粉紅色，看樣子是在這幾天難免的挪動中摩擦破皮。

麻繩以上，美麗的弧線蔓生而上，經歷整整兩天，已由起初的鮮紅轉為深赫，反倒更顯精細度量之下的優雅，線條如同最細心的戀人，撫過瘦削的小腿肚、光潤的雙肩、胳膊微隆的小丘與臂彎的骨節。

小露冷不防執起腳板，趾頭在她掌心抽動一下，隨即溫順，麻繩以下的肌膚素白，疏毛間透出淡青脈紋。

她把腳板翻起來，有點勉強的動作也許牽引傷口，她聽見細微呵氣。

指尖點上腳心，在粗厚的皮膚上滑出線條，小露感覺掌中的肌肉繃起，某種不安定的成分在他們之間醞釀，她為這樣微小而明確的變化感到驚奇，彷彿她的手掌直通男人深處。

刀尖落下，腳板瞬間縮起，但被小露的手壓制，尖刀刃鋒自腳心凹窩出發，然而沒有劃出想像中的鮮紅，唯有粗糙白屑，小露轉刃倒頭，再次使勁。

「哼——」

小露抬頭，看到柳奕勳緊皺的眉間緩緩放鬆，瞳孔流瀉出的光芒是期望，或是哀求？

鮮紅泌出刀尖，小露在低頭瞬間的餘光中看見柳奕勳眼睛睜大，她穩穩執刀向下。

「哼——哈——」

媽媽會不會聽見呢？儘管已經用布團把口腔塞滿，源自喉間的呻吟不可能遏止，隨著小露的刺、割、劃、轉，斷續溢出。

小露用空著的手捧起柳奕勳的臉頰，指間一刺，原來鬍渣已經冒出他的下巴，柳奕勳向她瞥去疑懼的視線，但小露把耳朵轉向自己，幾乎沾脣地悄聲說：「小聲一點，媽媽發現刀在我這裡的話，她就會把你畫完了。」

她放開柳奕勳的臉，分不出被布團撐飽的頰上是什麼表情。

斷續氣音仍然隨著小露的刀尖忽強忽弱，漸漸如抽泣一般，一層薄汗在手掌和腳背間孳生，分不出來自柳奕勳或小露，刀尖每一次前進，他還是徒勞地掙扎，但抵抗的力道逐漸微弱。

小露試著把刀刃更加深入，果然引起強烈攣縮，甚至在麻繩的箝制下，也讓她差點抓不住，小露退回刀身，用尖鋒淺淺拐彎，再度刺深。

「哼嗚——」伴隨破碎哀鳴出來的是噙在眼角的光亮。

小露突然覺得懂了，當她的刀在柳奕勳體內前進，觸碰到的不只是血與肉，還有某種能徹底掌握他的東西，而媽媽——小露為之著迷。

終於，刀尖吻遍柳奕勳的右腳底，留下曲折的圖紋，小露拔出刀子，將鮮血沖乾淨，回頭拿一塊乾淨的衛生棉，按住柳奕勳還流著血的腳。

「嘖。」小露發現衛生棉兩邊的膠帶沒有長到足夠繞過腳板黏在一起，索性把柳奕勳的腳放下，讓他自己踩著，柳奕勳也不反抗，事實上，小露停手之後，他幾乎是死寂般動也不動。

柳奕勳頭靠著牆，自然下垂，視線停在沒有焦點的虛空，小露愣愣看了幾秒，確認他在呼吸，然後湊近他耳邊說：「你好好壓著止血，明天一早我就得把那塊衛生棉丟掉，不然會被媽媽發現。」

柳奕勳還是動也不動，小露扶起他的臉頰，讓視線面對自己，然而即使四目相對，柳奕勳潮紅的雙眼仍然沒有看著小露的感覺。

小露鬆開手，但沒有轉頭，直直望著柳奕勳的眼睛，過了好一會兒，柳奕勳才揚起眉，小露在反射的瞳光中隱約看到自己。

柳奕勳口中的布團突然被扯出來，他吞下口水，同時撇開視線。

「不是要說話嗎？」小露幾乎貼上柳奕勳的臉。

幾次呼吸後，才聽到乾澀微弱的聲音：「是嗎？」

「你看起來是。」小露用氣音說。

柳奕勳沒有反應。

「我知道媽媽為什麼要畫畫了。」小露的聲音輕輕吹在柳奕勳頰上，她不確定這不是柳奕勳要的答案。

「所……以呢？」柳奕勳的視線仍然沒有回來。

小露咬脣，思索一下後出口：「我有想要做的事了。」

柳奕勳的臉文風不動，似乎再也沒有能引起他注意的事，小露等了一會兒，還是沒有反應，於是她把柳奕勳的嘴扳開，柳奕勳任由小露把布團塞回原位，再度留他一人在廁所。

12月6日

方崇誠睜開眼睛，看到日光燈死白的光，一時不知道自己身處何處，他從褲袋掏出手機，顯示現在時間六點零四分。

還早，但他實在腰瘆背痛，便從沙發起身，伸了懶腰。

又是一個在警局醒來的早晨，昨晚他在柳奕勳家吃完便當，又跑回警局，先是聯絡蔡璧月的娘家，然後試圖聯絡陸眾雄的家人，但沒有人手中保留陸秀琪的照片，十七年前是底片到數位照相的過渡期，網路相簿還沒那麼流行，當時才三歲的秀琪，沖洗出來的相片，應該都由蔡璧月保留吧？

方崇誠再一次撥電話給蔡璧月，但對方沒有接，不知道是在忙還是刻意不理，方崇誠試了幾次都沒接通，只得先放棄。

晚上九點多，方崇誠又跑一趟第四偵查大隊的辦公室，但孟辰不在，方崇誠硬著頭皮向學長打探調查進度，又是買宵夜又是拜託，才好不容易知道，目前八輛車的車主，已經確認有五位確實住在戶籍地，目前偵查的火力集中在剩下三人，但目前這三人的所在地都還沒確認。

問完消息，方崇誠癱在自己辦公桌的椅子，反正回去也是宿舍，方崇誠懶得移動，順手把這幾天擱置的文書業務處理掉，覺得身心都累到可以倒頭就睡，才在沖澡後摸進平時泡茶的交誼聽睡覺。

感覺還沒睡飽，但又睡不著，方崇誠決定先出去買杯咖啡加早餐。還沒走出警局，就看到落地玻璃門外站著一個人，樣子是個四十多歲的矮小女性，穿著連鎖鍋貼店的制服，對警局探頭探腦。

「小姐？」

方崇誠出聲的時候，那名女子身體顫抖了一下。

「我……不好意思，是警察叫我來的。」

聽到她的聲音，方崇誠覺得耳熟，但第二偵查大隊目前的案子沒有聯絡過這樣的證人。

「先請進來坐吧，上班時間還沒到。」方崇誠側身出門口通道。

「那個……」女子在原地不動。「你們這邊有沒有一位警察叫作方崇誠？」

「妳是……蔡璧月小姐？」方崇誠的記憶瞬間接上線。

女子抬頭：「是的，您是？」

「我就是方崇誠，抱歉昨天一直打電話給妳，是有關秀琪小姐的照片……」

「警察先生，我想先問一個問題。」蔡璧月幾乎是瞪著方崇誠。「如果——我是說如果——秀琪真的跟那個抓走她的人一起綁架別人，我們找到她的話，她會怎麼樣？」

方崇誠想起前晚通電話時蔡璧月的抗拒，但他沒有什麼能安慰人的話，只得老實說：「看她涉案的程度，如果確實有參與的話，至少一定會起訴，接下來怎麼判，就看法官了。」

蔡璧月抿起脣，臉色益發凝重。

「不過，法官應該也會考慮她的狀況，如果說從小被綁架，沒有受到良好的教養……」

「唉——」蔡璧月重重嘆一口氣。「我真的不知道該不該把照片拿出來，都這麼多年了，現在才跟我說秀琪可能還活著，偏偏是等到要抓她去判刑的時候才找到，為什麼之前這十七年就都找不到她？」

方崇誠低下頭，他無法反駁，作為警察，他明明覺得自己沒有做錯什麼，卻又覺得虧欠陸秀琪的媽媽。

「對不起。」方崇誠低聲說。

蔡璧月凝起雙眉，聲音微微發抖：「我也好怕見到秀琪，如果她過得很慘，那怎麼辦？」

所以才要找到她啊——但方崇誠說不出口，他知道自己是為了柳奕勳才找陸秀琪。

「就算過得還好，我這個什麼都沒教過她的媽媽，要害她必須面對警察、面對法院嗎？」

蔡璧月顫抖的聲音，讓方崇誠心口也揪起來，同時很討厭想說服她拿出照片的自己，但想到昨天早上柳奕勳藏在電話中的線索，又絕對不能放過這張照片。

「我不敢說能想像她的感受，但對任何一個人來說，能夠走在正途比較幸福吧？雖然一時會痛苦，但面對法律，才能回到好的這一邊。」

「這些我都明白。」蔡璧月垂下臉。

如果事不關己，方崇誠其實百分之百贊同自己剛剛說出的話，但抱著想要取得照片的居心面對現在的蔡璧月，方崇誠很難由衷相信自己真的在為陸秀琪打算。

「要是她有機會像警察先生你這麼正直就好了。」蔡璧月喃喃說，一邊從手拿包裡掏出一張照片，髮長及肩的小女孩對著鏡頭燦爛地笑。鼓鼓的雙頰和單眼皮與蔡璧月有些神似。

「非常感謝妳的配合！」方崇誠雙手接過照片，他實在無顏面對蔡璧月的肯定，只有在心裡暗暗決定，不只柳奕勳，一定也要把小露從那一邊拉回來。

「拜託你們了！」蔡璧月也對方崇誠欠身。

「這張照片會請專家模擬秀琪小姐現在可能的長相，然後用懷疑區域附近便利商店的監視錄影比對。」方崇誠覺得自己有責任說明，但他說得有點心虛，因為還不知道自己的意見會不會被採納。

「已經知道她在哪一帶嗎？」

「只有行動電話基地臺的範圍，所以才需要照片。」

「嗯。」蔡璧月點頭，但沒有看著方崇誠。「不知道能不能問一個問題？你們懷疑綁架秀琪的人，是誰？」

方崇誠只猶豫瞬間，就決定簡單告訴蔡璧月不含私人資料的訊息：「我們目前鎖定三個嫌疑者，但還在確認他們的住所。」

「喔？」蔡璧月抬起頭。「他們是怎麼樣的人？」

方崇誠搖頭：「資訊還不足，嫌疑者分別是兩女一男，目前的線索來看，女性的可能性比較高，這兩人一個是跟先生分居，戶籍沒有遷走，先生也不知道她現在的地址，另一個則是戶籍掛在自有住宅，同住的還有她的哥哥和姑姑，但房子是空的，聽說好一陣子前出租過，但很久沒人承租了。」
「男的那個呢？」
「他的戶籍在老家，但離家工作很多年，跟家裡失聯了。」
「這樣子啊。」蔡璧月飄開視線。
「真的很謝謝妳。」方崇誠再一次說：「有關秀琪進一步的消息，我會聯絡妳。」
「那就麻煩了。」蔡璧月點頭。
送走陸秀琪的媽媽後，方崇誠顧不得自己的勤務時間，即刻往第四偵查大隊跑去。

＊

小露——
小露————
模模糊糊聽到自己的名字，小露睜開眼睛，看到媽媽的臉。
「妳怎麼還在睡啊？都中午了。」

聽起來不像在生氣，小露揉揉眼睛才爬起來，從巨大的冷凍庫拿出饅頭，放進電鍋裡蒸。

背後聽見開門聲，小露回頭，見到媽媽的背影往廁所去，趕緊跟上媽媽，媽媽立在門框內側，個子矮的小露被擋住視線，彎腰從媽媽身側望進去。

柳奕勳的姿勢沒有改變，不過用來吸血的衛生棉已經被小露收掉，她為了這個一大早就爬起來，後來睡回籠覺就睡過頭。

雖然地上還是有點血漬，但因為柳奕勳身上還是有些傷口又開始流血，所以不至於突兀，媽媽也沒有很在意，只是喃喃說：「還是變得不會動了啊。」

大概是太久了吧？小露想到已經是把柳奕勳抓回來的第五天，之前沒有一個男人畫這麼久過，如果超過兩天的話，大部分的男人就都不太會動了，柳奕勳到昨天還能說話，小露猜測應該是有給他喝水和吃飯糰的緣故。

媽媽把柳奕勳口中的布團拉出來，隨手丟在洗手臺，端起他的下巴看了看，柳奕勳沒有發出聲音，在媽媽鬆手時，慢慢垂回原本的姿勢。

「快要來不及了，今天要把他完成。」媽媽對背後的小露說：「剛剛接到簡訊，刀已經到了，等下吃飽我就會去領貨，妳就趁這段時間把他擦一擦。」

「好。」小露低聲回答，她看了動也不動的柳奕勳最後一眼，關上廁所。

饅頭蒸好，媽媽和小露在餐桌坐下，媽媽打開電視，電視上在放送午間新聞，媽媽也不像在看，大口吃著饅頭，小露則把饅頭剝成小口小口，慢慢放進嘴巴。

「小露。」媽媽突然開口，小露停下動作，抬頭等待媽媽指示。

「妳有想過，為什麼媽媽說不能出去嗎？」

小露呆了一下，然後搖頭。

「外面是很危險的，如果妳沒聽媽媽的話，一定不知道要怎麼辦，外面其他人都只會騙妳，不能相信。」

難得聽媽媽解釋「為什麼」，這幾天越來越熟悉問問題的小露鼓起勇氣問：「媽媽，我要怎麼變得跟妳一樣知道該怎麼辦？」

媽媽皺起眉頭，頓一下後回答：「有媽媽在就不需要。」

「媽媽以前……沒有媽媽怎麼辦？」

「這個嘛……沒有媽媽，但是有姑姑，我以前也是很聽姑姑的話。」

小露看媽媽的表情沒有不耐煩，應該不是隨便亂說，她知道姑姑是什麼，但沒想到世界上真的有姑姑。

「那妳有爸爸嗎？」小露問，因為姑姑是爸爸的姊妹。

媽媽又開始顯得不大高興，不耐煩地回答：「跟妳說過不需要爸爸了。」

小露低頭吃饅頭，不再講話，然而不久又聽媽媽說：「家裡只有我們兩個，這樣正好，有爸爸或是哥哥，也只會喝酒、賭博、浪費錢。」

「嗯。」小露努力想像有哥哥是什麼感覺，可能是有人可以講話、問問題，不過可能跟媽媽一樣每天都要出門。

「壞小孩就要打死，好小孩才有家住，因為我一直很聽姑姑的話，所以從來沒被處罰，妳也要聽我的話，我們就可以一直像現在這樣好好生活。」

小露點頭。

「以前姑姑也畫畫嗎？」

媽媽瞇起眼睛，但沒有不高興的樣子。

「姑姑不畫畫，但她會把壞小孩綁起來，在他身上戳洞。」

「就像我們把男人綁起來？」

媽媽看著小露，沒有生氣，但想了很久。

「應該是吧，在他們自己家裡，他們大概也是壞小孩。」

媽媽說完站起來，披上夾克，小露看著她，在媽媽轉身之際，突然開口：

「壞小孩最後呢？」

媽媽回頭看小露。

「他們……死了嗎？」

「死了。」媽媽毫不猶豫地回答。「他被綁了八天，姑姑本來要在第七天放開他，但他還沒被放開前，就叫妹妹給他喝水，於是姑姑繼續處罰他，隔天他就死了。」

「喝了水還是死了？」

「不，妹妹沒有給他喝水，而是告訴了姑姑。」有個瞬間，媽媽的聲音含糊得像是自言自語，然後她又盯著小露。「問夠了吧？」

「那個……還有姑姑呢？」小露趕緊又問。「她後來怎麼了？」

媽媽的臉瞬間凶起來，小露還是有點害怕，但她一定得知道媽媽的姑姑怎麼了，所以直直看著媽媽，動也不動。

「反正不在了。」媽媽低頭拉上夾克。

「因為姑姑不在了，媽媽只好開始自己出門嗎？」小露緊接著問。

「對啦。」媽媽還在弄拉鍊，含糊回答。

小露靠回椅背，看媽媽轉身離開，等到大門鎖上，腳步聲也消失，小露從儲藏室的紙箱中翻出唯一有電的那支手機，打開通訊錄，毫不猶豫按下通話鍵。

＊

手機響起的時候，方崇誠正盯著網路上的地景服務。

那是一棟非常不起眼的舊式公寓附地下停車場，方崇誠剛剛才從對街的監視錄影畫面看到一個穿長版棉外套的女孩子走進去。

一早拿到陸秀琪小時候的照片後，方崇誠馬上連絡負責模擬長相的專家，並且通知負責的第四偵查大隊，當模擬長相還在處理中時，轄區員警就趁機調來基地臺涵蓋範圍內的便利商店監視錄影，以便一有結果就開始比對。

另一方面，方崇誠看時間差不多，便回辦公室找大隊長。

「我想請假。」他劈頭就說。

黃瑞雪看一眼桌曆：「兩天，扣你的特休。」

雖然瑞姊一開始就問過他要不要請假，但方崇誠沒想到會這麼順利，連忙道謝。

「還是要交假單。」黃瑞雪抬頭。「還有，不能插手第四偵查大隊的案子。」

本來要轉身的方崇誠停下動作，慌忙做出笑容：「瑞姊，要我不聞不問，實在有點……」

「你要打聽消息，大家都會睜一隻眼閉一隻眼，但我所知不只這樣吧？」

方崇誠說不出話，他不知道瑞姊的消息來源，但自己毫不掩飾的作為，第四偵查大隊的人應該都看在眼裡，也怪不了人打小報告。

「畢竟那個綁匪打電話給我，這部分我必須配合調查。」

黃瑞雪點頭：「除此之外的事，包括聯絡以前失蹤案的當事人家屬、重聽電話錄音，這些也是必須的嗎？」

「那些啊……」通通都是用職權才能做到的事，任何一個角度都無法辯解的插手。

「你可能覺得自己確實有貢獻，但我們警察最重要的是要服從法律和上級指揮，如果沒有這些規矩，就真的是有牌的流氓了。」

方崇誠不敢對上瑞姊的視線，他覺得瑞姊說的都對，但自己不可能做到。

「接受的話，就趕快去辦請假吧。」

方崇誠還是遞出假單，但他沒有離開警局，待在自己的辦公室看起來太礙眼，跑去第四偵查大隊又會被說話，方崇誠一下子去茶水間倒水、一下子去上廁所，然後整理辦公桌的垃圾去回收，這樣來來回回經過人家的辦公室前好幾趟，才終於逮到孟辰。

孟辰很匆忙，但還是應聲停下來，她打斷方崇誠的旁敲側擊，直說：「嫌犯的照片已經模擬好了，我可以偷偷給你看，不過就這樣。」

方崇誠望著游孟辰，一時不知道該說什麼，孟辰看起來很累，每個人進入大案的關鍵階段都是這個樣子，所以很難對她開口多要求什麼。

「如果是看監視錄影帶……」

「那種事早就派給分局的人了。」孟辰打斷。「錄影帶有發現的時候會通知你，這是我能做到的極限。」

「這是瑞姊交代的嗎？」方崇誠很少被這樣拒絕，況且不過兩天前，孟辰才說過不用客氣。

「我自己也這麼想。」孟辰平淡地說。

「昨天的事，妳覺得我不夠中立嗎？」

「每個人本來就會有不同的想法。」孟辰皺起眉，有點艱難地回答。「我只有答應要告訴你消息，沒有說可以參與調查，嫌犯打電話給你，只是讓你變成關係人，不是警察的角色。」

「讓我聽錄音，已經算是壓線嗎？」方崇誠問。「如果是的話，抱歉。」

「這倒不必。」孟辰低聲說。

「那就，謝謝吧。」方崇誠並不喜歡勉強人，一咬牙便轉身離開。

他回到宿舍，久違的房間突然覺得陌生，他把那張標上十幾個點的地圖貼在電腦桌前，好像把待了幾天的辦公室帶一部分回來。

陸秀琪的模擬圖也被他列印出來，貼在地圖旁邊，女孩有細小的單眼皮、小而塌的鼻子和不起眼的嘴巴，是在路上經過完全不會注意到的類型，考慮到蔡璧月的身材，或許她連個子都很不起眼。

方崇誠盯著模擬圖看了一陣子，又轉回地圖，地圖上的點被他畫出一個中心，方崇誠在網路地圖上把那中心與基地臺的範圍比較，但沒什麼結論。

接近中午的時候，他接到孟辰的訊息，訊息是一個地址，在基地臺涵蓋範圍中，方崇誠打開網路地景，看到一間老舊的公寓。

又過了一會兒，孟辰傳來兩段側拍電腦的影片，一個是便利商店櫃臺，嬌小的年輕女子買了兩個三角飯糰，攝影機的角度沒辦法把五官看得很清楚，但孟辰在影片後附註：店員已指認畫像。

另一段影片是方崇誠正盯著的公寓大門，同一個女孩在夜色中走入。

「就只追到這裡，內部沒有監視器。」孟辰補充。

孟辰沒有說，但方崇誠知道分局的人一定已經開始監視那棟公寓，等著監視器上的女孩出來，明知道柳奕勳就在那棟房子裡，卻只能盯著不知道哪時拍的地景等消息。

手機突然響起。

「方快學長，我現在在現場監視。」

方崇誠認出那是分局的學弟阿邦，前幾天曾經拜託他調查失蹤事件。

「你……」方崇誠一時詞窮，到底是該說謝謝，還是不好意思，或者是都講？

「我是第一班，剛到現場，目前只看到一個歐巴桑出門，有什麼進展會向學長報告。」

「謝謝。」方崇誠終於說出口。「我真沒想到……我是說，你其實不必這樣，但是真的很感謝。」

「不用客氣啦，難得可以幫上學長……雖然說我們最好不要有機會幫熟人。」

這時電話中傳來嘟嘟嘟的插撥音，雖然對不起熱情的學弟，方崇誠擔心錯過孟辰那邊的消息，道歉之後就轉接插撥電話。

「你想要柳奕勳活著嗎？」

出乎意料的模糊女聲讓方崇誠瞬間繃緊神經，是小露——也許是陸秀琪，她終於要勒贖了嗎？柳奕勳的通訊錄裡應該也有家人，為什麼要打給一個朋友呢？

「妳要我做什麼？」

「先回答我。」

「好吧。」方崇誠一咬牙。「我當然希望他活著，所以妳到底要威脅我什麼？」

「欸？」電話另一頭突然失去聲音。

「喂？妳還在嗎？」方崇誠大叫。「陸秀琪？陸秀琪！」

「呃，陸秀琪？」

還好她沒掛斷，方崇誠耐著性子解釋：「記得我昨天跟妳說的事吧？妳找到那個娃娃了嗎？如果有找到的話，陸秀琪就是妳原本的名字。」

這次的沉默，方崇誠靜靜等待。

「我叫小露。」

「妳愛叫什麼都好，小露。」這個名字出口的瞬間，方崇誠想起清晨站在刑事局門口的瘦小身影。「不管叫什麼名字，妳媽媽一樣擔心妳。」

「媽媽？啊，是你說的那個媽媽吧？」

方崇誠淺淺吐出一口氣：「對，她很擔心妳現在做的事情，會讓妳被抓去坐牢。」

「講電話？」

方崇誠又開始覺得頭痛，他深呼吸後才說：「妳把柳奕勳關起來，對吧？這是違法的，警察會逮捕妳，讓妳受到法律懲罰。」

「警察……真的會來找我們嗎？」女孩聽起來很認真。

「我不知道綁架妳的人到底對妳說了什麼，但我的一字一句都是真的，我們已經在找柳奕勳了，等我們找到他，妳也會被移送法辦。」講到這裡，方崇誠強迫自己聲音放柔。「但是，就算是為了妳媽，我不希望妳被處罰，如果妳現在開始不再做錯事，放了柳奕勳，應該很有機會不要關那麼久，甚至緩刑。」

小露似乎思考了一陣子，然後聽到她說：「你說的事情，我也是有看過，但沒辦法。」

既然有點法律常識，應該會更好溝通吧？方崇誠抱著不安的樂觀，繼續說：「畢竟妳的狀況特殊，法官也會斟酌，就算沒辦法完全不受刑罰，現在跟妳在一起的女人，可是殺掉妳親生爸爸的人啊！妳難道不怕哪一天被她給殺了嗎？」

「不會的。」這一次，她倒是回答得乾脆。

「我不知道妳對綁架殺人到底有什麼想法，在我看來這是毫無意義的事，對妳沒有好處，也傷害別人，甚至傷害妳真正的媽媽。」方崇誠緩口氣，用上百分之兩百二的真誠說：「跟柳奕勳一起離開那裡吧，妳會發現世界遠比妳所知道的有趣多了，我也會幫妳的。」

如同意料中，女孩又沉默了，也許是已經把想說的話一吐而出，方崇誠也不急，默默等她思索。

「反正，你想要柳奕勳活著，對吧？」

「嗯。」方崇誠忐忑等著下文。

他聽見女孩模糊但堅定的聲音：「那就幫我吧，幫我讓他活下來。」

*

小露把手機藏回原位後，再度走進浴室。

過午的陽光照不進氣窗，陰影中柳奕勳半圮著身體，連斜眼看向小露都沒有，但小露確信他醒著，也許是呼吸的方式，低淺而倉促，並隨著小露走近加快。

一邊聽著柳奕勳的呼吸聲，小露同時分神注意浴室外的動靜，她俯身在柳奕動耳邊氣音道：「我會讓你活著。」

除了眨眼，小露面前的這張臉動也不動。

小露不確定自己在等什麼，她應該是進來清理柳奕勳的，媽媽隨時都會回來，她不想被媽媽聽到自己在跟男人說話。

「我答應你。」她又低聲說。

柳奕勳的視線偏轉過來，但他還是沒有抬頭，只望著小露腰際。

「你……想活著，對吧？」小露記得柳奕勳說過想離開這裡。

「太遲了。」若不是看到蒼白的嘴唇蠕動，幾乎不能確定他說了話。

小露蹲下，仰望柳奕勳低垂的臉，他們目光接觸時，柳奕勳閃開視線，大概是他最大幅度的動作。

「沒辦法更快，我得小心確保安全，你也說不要讓我自己危險，不是嗎？」

他的嘴角似乎在笑，但眼睛沒有：「反正我也沒有守信，妳也不必答應我什麼。」

「你沒有嗎？」小露腦中閃過這幾天柳奕勳的一言一行，早上媽媽進來廁所查看的時候，他幾乎沒有動，昨晚小露畫他的時候，他只有輕輕嗚咽，在更之前，小露讓他跟崇誠講電話……

「都是，假的。」他的嘴角越彎，眼睛越哀傷，小露盯著便恍然見到昨晚騷動她的光亮。

「才不！」她用氣音低叱，然而柳奕勳搖頭。

「我從來就沒有考慮過妳會不會受傷，當然也不可能期待妳會……咳咳……」也許是乾涸的喉嚨說得太急，他咳到滿臉通紅，每震一下眉間就隨著痛處發抖。

小露看著柳奕勳，然後把手貼在他光滑的背上，即使經日暴露在冰冷的浴室中，小露仍然從他的身體感受到異於空氣，屬於活物的溫度。

掌指在撫摸中滑到肩膀，撩過粗糙的血痂，雖然小露輕柔地避免剝開傷口，還是有幾處溼黏沾染上小露，指頭間漸漸分不開來。

柳奕勳終於慢慢停下咳嗽，這時他的視線碰巧停落在小露的雙眼，小露的手也停下來，但仍然貼在他肩上。

「你現在是真的，那時候也是。」小露看著柳奕勳的眼睛，雖然柳奕勳動也不動，但小露看得出他正在聽，這讓小露不由微笑。「放心，我會讓你也信守承諾……我們都會。」

柳奕勳怔著，但小露已經覺得滿足，她用溫水浸溼毛巾，開始搓洗柳奕勳皮膚上的血漬，雖然沒有被塞住嘴巴，柳奕勳緊閉嘴唇、輕闔雙眼，裝睡一般任由小露的行動，唯有傷口被拉扯、剝裂的片刻，能聽見他瞬間粗重的氣息。

明明是做慣的工作，小露這一次漸漸漾起笑容。

「我想要你一直活著。」小露的聲量壓到剩下氣音。「這是我昨天晚上決定的事，能夠做想要的事情，真的很好。」

柳奕勳仍舊沉默，但小露並不在意，她仔細擦過柳奕勳每一寸外露的皮膚，就連要鑰匙轉動聲在大門響起，也沒有打斷她。

小露走出浴室的時候，還沒收拾的餐桌上攤開一個紙盒，站在桌邊的媽媽手裡是一把跟原本一模一樣的銀刀，只有手掌長，刃面差不多跟紙張一般厚薄，反射比原本更加銳利的鋒芒。

「真是個好東西。」媽媽細細檢視刀鋒，然後把它擺回紙盒上。「走吧，把那男人搬到房間去。」

為了方便畫屁股，媽媽最後總是會把男人搬進臥房，但得要拿掉塞在嘴裡的布團也不會掙扎的時候，才能這麼做，以前媽媽會自己慢慢拖人，等小露長到現在的高度後，媽媽就只在旁邊幫忙了。

小露走回浴室，裝作沒有注意到柳奕勳瞬間的緊繃，剪掉腕上麻繩的時候，小露偷偷抬頭，柳奕勳立刻移開視線，小露無聲微笑，把剪斷的麻繩圈在柳奕勳的腰上打結，等到表情變回漠然，小露才環抱男人腋下，使勁拉起。

媽媽在這時抓住腰上的結，兩人撐起男人的重量，麻繩在未經刀鋒的皮膚上壓出紅痕，小露讓柳奕勳的頭靠在自己肩上，緊密的接觸與沉重的負荷讓小露在低溫中流汗，她小心挪動腳步，或許是出自害怕掉落的本能，柳奕勳也緊緊環住她的肩膀，不顧滿臂又開始泌血的傷痕，這讓小露稍微省力一些。

在媽媽引導下，他們進入臥室，把柳奕勳放在鋪好塑膠布的地上，新的無頭人形站在塑膠布旁邊，白板筆刺鼻的紅線覆滿慘白的塑膠身體。

媽媽把柳奕勳的雙腕重新綁起來，小露伸展一下痠痛的肩膀和腰，轉身時見到一條麻繩掛在梳妝檯的鏡子上，繩圈在鏡面映出骯髒的倒影。

「喂，過來這邊。」

「咦？」小露回頭，確定媽媽是在叫自己，媽媽招手示意小露回來她旁邊。

「妳好好看著該怎麼做。」媽媽調整無頭人形的角度，然後把柳奕勳也翻到背面。

「要讓……我看？」小露不敢走進房間，這樣的事從來沒發生過，把男人搬進臥房後，不到媽媽畫完，小露是不可能進去的。

「妳不是問我為什麼畫畫？就讓妳自己看看吧。」媽媽瞇起眼睛，估量人形上的線條與柳奕勳的背。

小露看一眼床頭的電子鐘，下午一點五十七分，她深吸一口氣。

「媽媽，我也可以畫嗎？」

媽媽放下已經舉起的短刀，回頭打量小露。

＊

眼見時間一分一秒逼近四點半，方崇誠快要壓不住站起來對長官大吼的衝動。

跟陸秀琪通完電話後，他立刻聯絡孟辰，然後用最快速度衝進第四偵查大隊辦公室，專案小組召開緊急會議討論那通電話，方便起見，方崇誠被特許列席，在會議中報告通話內容

「你說那個疑似失蹤少女要當我們的內應，把肉票放出來？」大隊長又一次用新的句型重複相同問題。

「她只能幫我們帶路，而我們得幫她面對那個殺人魔。」方崇誠放棄計算這句

話到底講了幾遍，他怕算出來自己會當場跳上前掐住大隊長。「她說四點半會走出公寓大門，讓我們跟著她去被害者被囚禁的單位，然後她會引誘主嫌出來開門，希望我們在那個時候保護她不受主嫌攻擊。」

「她可是共犯啊，為什麼要幹這種會讓自己被逮捕的事？」大隊長深鎖眉頭，又一次重複。

「我怎麼知道？」方崇誠察覺到自己語氣在變化，但他不想管。「時間不多了，動機什麼的之後再問就好，我們得趕快聲請搜索票，主嫌不可能讓我們進屋調查，如果今天進不去，就來不及挽救受害者了。」

「這會不會是陷阱？」一個第四偵查大隊的前輩突然說。

方崇誠差點沒翻白眼：「我們可是刑警欸！就算陸秀琪不懷好意，全副武裝的大隊人馬難道不能對付嗎？」

「馬老不是這個意思啦。」孟辰和聲說：「說到底我們掌握那棟公寓也是憑很間接的證據，如果他根本不在那裡呢？說不定趁著我們被轉移注意的時候，受害者反而遭到不測。」

「我們憑的是受害者提供的線索。」說出這話的瞬間，方崇誠看到孟辰眉間一縮，心底便跟著一涼，她還在懷疑柳奕動嗎？

「好啦，崇誠，你先聽就好，今天不是讓你來當警察的。」大隊長說：「我不是說不派人過去，畢竟如果她說的是真話，我們沒有把握住救出肉票的機會，到時候一定會被社會大眾攻擊，但我想嫌犯這個提議絕對不單純，我們也得多想想、多做準備。」

「我覺得小游說得不錯，應該就是調虎離山吧？」另一個前輩這麼說。

「但我們目前就只掌握那棟公寓，除了闖進去看看外，也沒別的事好做啊。」市警局來的同仁第一次發言。

又有幾個人發表類似的意見，最後大隊長決定以原本輪班監視的人員為基礎，調派武裝的支援人力在外待命。

散會後，大夥各自行動，方崇誠匆匆往車棚，卻被孟辰叫住。

「你要去哪？」孟辰赤裸裸地瞪視。

「呃，現場。」方崇誠撇開頭，幾個市警局的人員快步走出側門。

「你現在過去就只是民眾而已。」

「那我就當個看熱鬧的民眾吧。」方崇誠轉身，但被孟辰按住肩膀，儘管個子比較小，她仰望的視線釘住方崇誠。

「我不覺得人能在當朋友的同時當一個好警察。」

「我只是想找到他。」方崇誠想轉開臉，但一咬牙還是面對著孟辰說：「難道妳真的懷疑他？」

「這些都可以等我們找到他以後再說。」孟辰的聲音還是平板得冷漠，只有眼睛咄咄逼人。「你不也說過，就算不懂那些人為什麼要犯罪，我們警察還是可以抓到犯人。」

方崇誠被自己的話塞住嘴，嚥下一口悶氣後，悻悻說：「既然如此，我是不是誰的朋友又有什麼差？」

「差別是你能不能真的等找到他再說。」

方崇誠沒有回話，不管語氣多麼中立，他覺得孟辰內心已經認定柳奕勳可疑，既然如此，方崇誠更不能放著不管，他直接轉身。

「方崇誠！」

不理會游孟辰的叫聲，方崇誠加快腳步離開警局，跳上自己的機車，往那棟公寓過去。

四十分鐘的車程在週六午後相當順暢，但方崇誠的思緒隨著越來越快的寒風越吹越亂，他並非對陸秀琪的話毫不懷疑，就算陸秀琪真的相信自己現在的「媽媽」是殺死親生父親的綁匪，也未必會決定跟警方合作，只是陸秀琪那一句「因為死掉了啊」始終刺在他腦中，而昨天已經是她們打算殺掉柳奕勳的日子。

雖然陸秀琪說要「讓他活著」，方崇誠無法確定柳奕勳現在是不是還安好？會不會其實早就被殺害？陸秀琪的電話是另一個目的不明的陰謀？他不敢想像等下如果看到最不願意見到的場面，自己會有什麼反應？總是一副無所謂的柳奕萱會有什麼反應？裝作一切都還好的柳媽媽又會有什麼反應？

柳媽媽是他尤其不願面對的對象，一想起前天晚上的對話，方崇誠就渾身不舒服，甚至第一次慶幸自己沒有負責調查柳奕勳的案子，但即使沒有作為警察的責任，作為朋友的責任呢？他承諾過會努力在期限內找出柳奕勳，以方崇誠自己的道義，覺得有義務向柳奕勳的媽媽報告結果，但他其實一點都不想再跟柳媽媽有任何接觸。

如果柳奕勳要偽裝什麼，這就是唯一的理由吧？方崇誠心中突然冒出這個念頭，什麼保險、仇家都不像會出現在工作穩定、生活兩點一線的柳奕勳人生中。

方崇誠在安全帽下乾笑兩聲，覺得自己就像信誓旦旦說家人很單純的家屬，但他還是真心相信柳奕勳，雖然不能理解寧可讓兒女以為父親過世的媽媽，和為了媽媽謊稱父親過世的兒子，他仍然相信願意說這種謊的柳奕勳不會就這樣拋下媽媽，再說如果這幾天的煩惱、焦躁和努力都是柳奕動自己惹出來的風波，方崇誠非得狠狠揍他一拳不可。

接近網路地圖上的公寓，方崇誠注意到守在街角的便衣，對一般民眾來說可能一點都不起眼，但警察和流氓都能輕易分辨出來，他往便利商店買了兩杯熱咖啡，找到阿邦和搭檔。

「啊……嗨。」阿邦硬生生吞下的大概是「學長」兩字，旁邊同僚見阿邦的反應，也對方崇誠點頭招呼。

「加油，小心。」這些無關緊要的話說完，方崇誠不知道該說什麼，自己絕對是另有所圖，但除了沒有要求的立場之外，也不想在學弟監視中時說這麼多。

阿邦接過咖啡，低聲說：「144.15。」

「啊。」方崇誠馬上領會這是無線電頻道，他訝異地望向阿邦的眼睛，阿邦對他點點頭，方崇誠瞬間覺得一股熱流湧上眼角。

「謝謝。」這是他目前僅僅能回報的話，他向阿邦揮手，轉身離開。

這時距離與陸秀琪約定時間，還有五十分鐘。

＊

「如果妳真的想要試試，改天吧。」

媽媽轉身面對柳奕勳，調整他的身體，讓空白一片的背部露出來，而小露呆站不久，便自己在柳奕勳的頭頂方向跪下，一手扶在他的後腦杓、另一手摀住他的嘴巴，媽媽看小露一眼，然後刀尖入膚。

背肌瞬間變得明顯，曲折繁複的紅紋在赤裸的背上綻放，伴隨悶在喉頭斷續的嗚咽，與在拘束中抽搐的雙腿，小露低頭凝視柳奕勳時而因痛苦大睜的眼睛，不知不覺就隨著他緊促的呼吸，心跳起來。

媽媽專心在繁複的紋路，不時與人形模特兒對照、量測，猶溫的鮮血怎麼也流不乾，染溼一疊又一疊衛生紙，流血太多的傷口影響畫畫視野，就拿打火機燒灼止血，隱約飄出近似烤肉的氣味。

慢慢地，男人的右背自微微凸出的脊柱張開一羽一羽的血翼。

小露懷中顫動，但已經幾乎沒有聲音，事實上她好幾次覺得自己快要睡著，昨夜自傷口與刀刃傳遞的感受變得模糊，她眨眨眼睛，低頭看懷中的男人，為了避免影響媽媽，柳奕勳的手現在綁在前方，整個上半身被小露托在自己大腿上固定，見不到埋在腿縫中的眼睛。

見柳奕勳幾乎動也不動，小露抽出左手，撫上新畫好的肩胛，感覺到手心中的瑟縮，但黏呼呼的鮮血還是又流出來，小露進一步使勁，直到自己的手心也被染紅，才覺得觸碰到那個東西的邊緣。

時鐘顯示下午三點五十五分。

剩下背部左半還是一片空白，照塑膠人形模特兒上的線條，另一邊也是對稱的圖案，媽媽起身扭扭肩膀，瞇起眼睛打量已經畫好的部分。

背部半邊是蜷曲的翅膀，如層疊鳳翼，在臀部勾出漩渦狀的尾羽，直至身前，大腿以下是錯綜交結的花草紋，最後消失在越來越密的雲紋中……

理應如此，但與蒼白的左足相對，右腳心彎著一道醜陋的刀痕。

小露看見媽媽停滯的視線，搭在柳奕勳頭髮上的手不自覺緊了一些，但她抬頭直視著媽媽，直到媽媽也抬頭，兩人對上視線。

「這怎麼回事？」雖然是問句，媽媽顯然心裡已經有答案，她揪起小露寬鬆的領子，幾乎要讓沒有穿內衣的胸脯滑出來。

柳奕勳自小露的大腿滑落，地板發出悶聲，但他沒有動靜。

小露使勁挺住自己，但沒有掙扎：「之前，我把那把刀丟掉，但是丟掉前，我試了一下。」

媽媽把小露揪高，小露巍巍顫起。

「妳不是說要乖乖聽我的話？媽媽沒有說可以的事情，不准做。」

「那是之前，我現在會聽話了！」小露趕緊回答。

媽媽鬆開小露，但還是盯著她，小露沒有移開視線。

「真的？」

小露立刻點頭，緩緩說：「我會聽媽媽的話，家事都會好好做，然後我們可以一起出門、一起帶男人回家，我會把男人照顧好，讓媽媽能好好畫畫，然後也教我畫畫。」

「哼，我可還沒說妳可以學。」媽媽瞥向柳奕勳的腳，看得鼻子都鼓起來。

「妳以前說，乖乖聽妳的話，不准亂跑，就給我飯吃、給我地方睡，對吧？」小露繼續盯著媽媽的表情。「可以多一樣，讓我畫畫，好嗎？」

「什麼時候學會討價還價了？」媽媽蹲下，拎起柳奕勳被畫花的腳，回頭向著小露冷笑。「這筆帳都還沒算，妳還想多要東西？」

小露低下頭，沉默了好一會兒，最後小聲說：「我……會乖乖聽媽媽的話，一定比以前都還要聽話。」

媽媽看著柳奕勳的腳底，猛地將手上刀尖從腳跟往上一劃，貫穿小露隨意割出的傷痕，然後她一連畫了三道直線、五六道橫線，刀刀筆直俐落。

小露悄悄打開門，默默走了出去。

＊

理論上休假中的方崇誠不可能也沒時間回警局借用無線電，於是他用網路找到最近的電子器材行，幾乎像搶劫般逼迫老闆用最快速度賣出無線電，回到街角便利商店的時候是四點十五分。

便利商店面對兩棟並排的六層公寓，西側就是監視器上陸秀琪出入的嘉年華廈。

從剛剛到現在，無線電一直沒有聲音，差點讓他懷疑被阿邦呼嚨，不過阿邦和搭檔還站在崗位，應該是還沒開始行動，方崇誠坐在便利商店落地窗前的位置，盯著無線電。

「忠一呼叫，目標出現。」

方崇誠瞬間打直腰桿，這時是下午四點二十九分，他看到阿邦舉起無線電。

「忠五收到，往收網定位移動。」

阿邦和搭檔開始往綁匪的公寓靠近，一連著三、四組人也呼叫相同訊息，不過他們應該在方崇誠的視線範圍之外，方崇誠拚了命往落地窗外望，但這個角度看不到公寓大門。

算起來有將近二十人，不知道會有多少在樓下待命，多少上去集合？

「忠一呼叫，目標進入公寓。」

「勤一收到，開始追蹤。」

聽起來是先兩人小組跟上樓嗎？原本方崇誠提議讓陸秀琪直接跟警察會合，但陸秀琪不肯，她說在警方破門的時候，柳奕勳就會被殺了，如果被「媽媽」發現她帶著警察回去，也不安全。方崇誠想過讓陸秀琪口頭說房號，但她馬上露出疑惑，只得放棄，最後的結論是，陸秀琪會用「記號」引導警察方向。

方崇誠不到一分鐘就打開手機看一次時間，等電梯搭電梯要不了多久，對照「記號」找到那一戶之後，就等陸秀琪找藉口把「媽媽」引出來。

「總部、總部，勤一呼叫，在四樓之二戶發現記號，疑似血跡，請求增援與鑑識人員。」

方崇誠下意識抬頭，他只能看到公寓背光的一角，柳奕勳被關的地方向東側，在下午背光，方崇誠目前看到四樓的某一扇窗中，就是柳奕勳。

——請妳說到做到啊！

方崇誠忍不住在心裡對陸秀琪說，什麼都不能做的他，也只有在心裡呼求了。

＊

小露回家後，拿衛生紙按住手指，確定指頭上的傷口不再流血，然後打開媽媽的房門。

媽媽回頭，一臉疑惑看向小露。越過媽媽的肩膀，小露看到柳奕勳身上完全被紅線纏繞，她三兩步跑進房間，而柳奕勳也睜開眼睛。

小露吐出一口氣，緩緩蹲下，柳奕勳的視線對著她的腳趾，不能再更高，然後瞬間又緊縮。隱約聽得一聲抽氣，但幾乎沒有震動，只有泌出的血依然鮮紅。

「等一下。」媽媽低聲說，刀鋒繼續前進，勾出一個漂亮的弧度，這一筆約莫停在尾椎的位置，小露循著紅線，花紋自整片背脊展開，繞過肩膀，遍跡鎖骨以下，以至四肢，除了塑膠人形沒有的頭頸部和手，柳奕勳身上已經沒有一處找不到深紅的痕跡。

「媽媽，我要……」

「好了。」媽媽放開男人，終於轉向小露，嘴角噙著淺淺的笑。「剛才我很認真想了一下，雖然妳說要聽媽媽的話，誰知道是不是在騙人？」

「我……」小露還沒想出怎麼辯駁，又聽媽媽說。

「妳能保證就算是再痛苦、再討厭的事情，只要是媽媽說的，妳都會聽話嗎？」

「我……答應妳了。」小露重重說「答應」兩字。

「很好。」媽媽看了一眼手上的刀，但又搖搖頭，小露的一口氣隨著她的動作繃緊，又吐出。

「妳現在還沒資格拿刀。」媽媽轉向小露，嘴角得意地勾起。「這樣吧，妳把褲子脫掉。」

「為什麼？」小露脫口而出。

媽媽的臉立刻又板起：「我沒有說可以問為什麼。」

小露按著口袋，感受裡頭堅硬、窄長的觸感，她小心脫下褲子，把棉褲揉成一團，擺在腳邊，幸好沒有發出碰撞的聲音。

「內褲也要。」

這回小露毫不猶豫地照做，把內褲丟在外褲上，下半身一時冷颼颼，雞皮疙瘩很快在她死青的大腿浮起。

「很好，現在讓他上妳。」

「什麼？」小露抬頭，疑惑地看向媽媽。

「妳不是想知道怎麼生小孩嗎？」媽媽露出嫌惡。「現在就破例教妳吧，先把他翻過來。」

小露依言照辦，柳奕勳急急揪住小露的雙眼，那是他想要說話的表情，小露從中猜測柳奕勳聽得懂媽媽的意思，但她沒辦法問，只趁著背對媽媽時，給他一個飛快的微笑，然而柳奕勳沒有因此放鬆，反而更加緊繃。

「妳知道月經來會流血的洞吧？把他尿尿的地方塞進去。」

小露皺眉，雖然她很確定剛剛把柳奕勳擦得很乾淨，還是覺得很髒，但現在不是反抗媽媽的時候，她想著自己脫在三步外的褲子，靠近柳奕勳。

柳奕勳想扭動雙腿，但被媽媽按住綁起來的腳踝和膝蓋，小露趁機假借調整姿勢，傾身靠近他耳邊。

「放心。」

她只敢說兩個字，但見到再度直視她的柳奕勳時，覺得後面的話有被聽見了，於是安心伸出手，在她碰觸的瞬間，柳奕勳闔上眼睛。

手中的東西柔軟而冰涼，彷如死物，但在小露拉扯時意外地牽動些許呻吟，小露嚇了一跳，改由移動自己的身體遷就，但無論她抓得再緊，那東西總是被擠壓滑開，小露越來越不耐煩，動作也更加粗魯。

碰撞將嗚咽自喉嚨深處擠出，柳奕勳繃緊受縛的上臂，緊緊貼住地板，小露騰出雙手，按在他雙肩，冒出參差鬍碴的下巴底下，頸部肌肉的線條隨小露的動作時隱時現。

小露把下半身的重量直接坐在柳奕勳身上，失去雙手輔助，媽媽的指令更難達成，她徒勞地用恥骨蹂躪男人身體最柔軟的地方。

夾雜在柳奕勳啜泣般顫抖的氣息間，小露自己的呼吸也越來越明顯，已經完全不覺得赤裸在十二月的空氣中，甚至還穿著棉T的上半身開始泌汗，像是把棉被在大腿間用力夾緊，她隱約摸到藏在兩腿間不可名狀的輪廓，不禁更加使勁衝入包埋其中的核心。

抓到了……

小露瞬間停下動作，雙手緊咬柳奕勳的肩膀，在血痕間泛出十指青跡，由內在潸散全身的顫抖占領了她，視線飄遊至兩汪水光，對上同時，柳奕勳縮動遭麻繩縛束的手腕，但因為肩膀仍被牢牢壓住，沒能遮下滑落兩頰的淚。

小露呆呆看著，不知不覺已經能用鼻尖感受到他的呼吸。

*

無線電好一陣子沒傳出聲音，方崇誠覺得自己應該看過幾百次時間，手機電量已經變成紅色。

在公寓內的小組約五分鐘會回報一次，但都是「目前無動靜」，確認房號之後，檢察官就火速向法院聲請搜索票，但不可能那麼快下來。

方崇誠想像得到，指揮現場的大隊長應該正猶豫要不要下令緊急搜索，最好陸秀琪依約主動開門，門開了就能默默磨到主嫌自願接受搜索或是暴露現行犯的證據，如果單憑陸秀琪的話破門，到時候撲空事小，被民眾鬧上媒體就不能簡單了事了。

便利商店的落地窗外，下班的車潮開始增加，天色也逐漸昏黃。

「勤一呼叫，目前還是無動靜。」

一模一樣的呼叫內容，語氣卻也隨著天色越來越浮動。

「收到，總部呼叫忠三、忠四，請往現場支援，準備破門。」

要開始了，方崇誠瞬間繃起神經，他在便利商店的座位站起來又坐下去。

「忠三就位。」

「忠四就位。」

「呼叫勤一、勤二、忠三、忠四，開始破門。」

接著又是一陣沉默，方崇誠滑開手機，阿邦那邊當然沒有訊息，孟辰也沒有，他打開通話紀錄，最後一通來電還是來自柳奕勳的手機，現在不是按下去的時候，再等一會兒，無論柳奕勳還是陸秀琪，都會從那棟公寓出來，吧？

「勤一呼叫，現場淨空。」

淨空？

「總部呼叫勤一，請重複。」

「勤一呼叫，現場沒有人。」

「嫌犯不在現場嗎？還是被害人不在現場？」

「都沒有，這戶公寓裡面，一個人也沒有。」

*

「還是不行嗎？」媽媽的聲音彷彿從很遙遠傳來，小露一時間不確定自己身在何處。

「算了，看妳還算努力，先相信妳。」

啊，結束了——很模糊的想法在小露腦中成形，她慢吞吞縮回在柳奕勳身上的自己，原本灼熱的兩腿間在閉合時一陣溼涼。

小露轉身的時候，看到媽媽拿衛生紙在擦刀子，小露輕步退到自己的褲子邊，依次穿好內褲和外褲，右手撫著口袋，抬頭見媽媽盯著自己，似乎在等著她下一步動作，小露知道自己該乖乖離開，但她不能。

「媽媽，因為我很聽話，要告訴妳一件事。」

媽媽樣子很不耐煩，但還是問：「有什麼事快說。」

小露深吸一口氣：「警察來了。」

媽媽沒有馬上回應，應該說她動也不動，小露忍耐著幾乎窒息的靜默，摸著右邊褲子口袋。

「妳……知道警察是什麼嗎？」

小露點頭：「會把我們抓走的人，媽媽說電視上都是假的，但我真的看到了。」

「看到？」媽媽向小露踏進一步，小露覺得隨時都會被一巴掌搧倒，但她忍住沒有後退。

「我以為他們在騙人，想不到他們真的來了。」小露邊說邊從右邊口袋拿出柳奕動的手機。「我很聽話，所以馬上就來跟媽媽說。」

媽媽點開手機的通話紀錄，臉色越來越難看。

「竟然瞞著我……」媽媽喃喃說著，突然抬頭。「妳在哪裡看到警察？他們穿著制服嗎？」

小露馬上大力點頭：「真的是警察，我可以帶你去看。」

媽媽搖頭：「先把這男人處理掉，如果真的是警察要來找我們，得確保他安靜。」

小露愣了一下，瞥一眼媽媽腳邊的柳奕動，柳奕動的臉垂向一邊，像是被隨手拋下的衣服。

「幫我把繩子拿來。」媽媽向小露伸出手。

小露退到梳妝檯邊，拿掛在鏡子上的麻繩，麻繩已經為了接下來的工作，裁成剛好的長度。

「等一下我把他處理好，妳先幫我收拾之前的畫，裝在出差用的袋子，然後我們就下去開車，媽媽帶妳先回老家躲一躲。」

「媽媽……」小露又看一眼地上，見到柳奕勳也望著這邊。「去老家之後，我們還會開車出來嗎？」

「當然會啊。」媽媽轉身面向柳奕勳。

「妳會教我畫畫吧？」

「會的，只要妳聽話。」媽媽端詳地上的男人。

「那……」小露盯著媽媽專注的側臉。「如果說，我偶爾……偶爾想吃三角飯糰……」

「可以啦，給我繩子吧。」

小露凝視的掌心，然後遞出繩子，媽媽隨手把擦亮的解剖刀擺在旁邊五斗櫃頂，轉向地上的柳奕勳。

在她背後，小露悄聲說：「我幫妳壓著。」

媽媽在男人旁邊跪下，將麻繩穿過下巴與地磚間的空洞，雙手握緊繩端，然後小露伸出手……

＊

怎麼會沒有人？

儘管方崇誠愣了，無線電中的對話還是一字一句鑽進他耳中。

「現場是三房兩廳格局，三個房間和兩間浴廁都搜過了，沒有人躲藏，現場也沒有發現疑似被害人失蹤當天的隨身物品。」

「櫥櫃全部都打開過，包括流理臺下面。」

「沒有床底，是封閉式的。」

「陽臺也找過，只有一臺洗衣機，藏不了人。」

「夕陽還看得到，陽臺光線充足沒有死角。」

夕陽？

方崇誠抬頭，見到嘉年華廈背光的東側，猛然站起來，他發現一切都錯了，打從一開始就錯了，然而他坐在這裡，仰賴著無線電中的聲音，完全沒有發現。

他舉起無線電同時，腦中浮現瑞姊的聲音。

——我們警察最重要的是要服從法律和上級指揮，如果沒有這些規矩，就真的是有牌的流氓了。

然而陸秀琪——小露的聲音在他腦中也同樣清晰。

——因為死掉了啊。

去妳的！

「陸秀琪，妳給我走著瞧！」方崇誠開始奔跑，顧不得滿店、滿街的人都看向他，大吼一聲後就按下無線電的發話鍵。

「刑事局第二偵查大隊方崇誠呼叫，被害人在六樓之一戶，重複一次，青年男性連續棄車失蹤事件的被害人柳奕勳，現在就在嘉年華廈六樓之一戶！」

他很快跑往夕陽落下的方向，衝過幾個便衣的同事，手中無線電在雜訊間傳出怒吼。

「方崇誠，你他媽給我停下來！」

方崇誠一邊跑進公寓大門，一邊又按下發話鍵。

「報告大隊長，那你就他媽給我救出我朋友！」

電梯上到六樓，已經有幾個攻堅的隊員出來電梯間，站在六之一戶前，拿不定如何是好，其中也有一兩個方崇誠有印象的臉孔，方崇誠硬擠過他們，把無線電插在褲腰上，雙手一攤。

「我現在只是個來拜訪六樓之一戶的民眾，如果出現現行犯，就麻煩各位大哥大姊了！」

不給隊員們阻止的時間，方崇誠按下電鈴。

＊

媽媽舉起麻繩，專注盯著柳奕動的脖子，這時小露伸手進右口袋，拉出解剖刀後，直接往媽媽背上刺。

刀尖在骨頭卡了一下，但稍微轉個角度就刺沒刀身，媽媽被重擊出一聲悶哼，抱住胸口掙扎，刀子滑出傷口，發出嘶嘶漏氣聲，媽媽大口喘氣，撞過小露，跑出臥室。小露不慌不忙跟出去，看到媽媽的手已經搭在大門門把上，但又放下，轉身時已經與小露面對面。

叮咚——

媽媽已經慘白的臉色瞬間更加扭曲，也不知道哪來的力氣推開小露，又跑回臥房，小露搶在她關好門前拉住外面的門把，一陣角力之後，小露擠進房間。

騷動中，柳奕動不知道怎麼自己挪動位置，側臉看過來，媽媽被他的腳絆了一下，沒有撲到梳妝檯上的刀，小露揪住她的後領口，衣服背面已經完全被染紅，這一拉便仰摔在地，小露一箭步跨上去，雙手倒握刀柄，用力往脖子刺。

鮮血隨著刀刃噴了出來，小露閃避不開，濺上滿手腥溼，媽媽來不及發出最後的慘叫，眼神茫然失卻在半空。

那是所有男人最後的眼神。

叮咚——

小露蹲下，將柳奕勳的上半身扶起來，柳奕勳迎上她的眼睛。

「我想是崇誠來找你了。」小露低聲說。

這個瞬間，柳奕勳垂下視線。

小露迷惑了，她以為柳奕勳會很高興，畢竟崇誠口口聲聲說要帶他離開。

叮咚——

柳奕勳重新面對小露，像是在廁所中初次睜開眼睛，即使小露扶著他的指間隙已經滲入黏膩的血。

「衣……」

「你說什麼？」小露湊近柳奕勳，聽他嘶啞的氣音。

「衣服……我的……」

叮咚——叮咚——

連續兩聲門鈴讓小露心煩意亂，她邊想著崇誠所謂的法律制裁，邊拍拍柳奕動滿是血痕的肩膀：「我要先把你和媽媽藏起……」

柳奕動突然勾住她的手肘，他的雙腕還被綁在胸前，所以最多就只能勾到小露的手肘，但他使勁勾著。

「快點給我……我不要讓……咳……」

這個瞬間，小露看到他眼睛中的真實。

叮咚——叮咚——叮咚——

＊

叮咚——叮咚——叮咚——叮咚——叮咚——叮咚——

「要不要等老大的指示？」一個不認識的隊員提議。

如果要破門的話，還是得需要「流氓」的特權，想到剛才跟大隊長在無線電上對幹，方崇誠懷疑這時他的請求能得到什麼結果。

再按一次門鈴好了，最後一次。

叮咚——

是門鎖轉動的聲音，在場五個人都倒抽一口氣，又同時憋住驚呼，看著門把旋轉，鐵門後敞開一道狹瘦的縫隙，遠遠露出年輕男人的身形，隱約見得滿頭剛睡醒的黑髮，鬆垮垮的深色襯衫也如睡衣一般。

方崇誠的全身肌肉瞬間鬆下，一時有些暈眩，他費力站穩，腦中一片安心的空白，在他身後的警員之一反而先開口。

「請問你是柳奕勳先生嗎？我們是警察，請你出示證件。」

「嗯。」遲了半拍，男人喉間才發出細微聲響，警員們面面相覷，不確定這算不算肯定。

「不用問了，他就是柳奕勳。」方崇誠大聲道。「喂，你快開門啊，綁匪呢？你打倒她們了？」

他的最後一句話有些遲疑，認識到現在，他沒看過也無法想像柳奕勳打架，況且綁匪不知道有什麼武器。

柳奕勳搖頭，動作跟他的聲音一樣輕微，方崇誠胸中梗著說不上來的不自然感，他伸手去轉門把，但鐵門還是鎖著。

「我……聽不懂。」沙啞的聲音像被磨損殆盡，留下懸宕的尾音。

「總之你快開門！」方崇誠拍打鐵門，但馬上被旁邊的同事扣住上臂。

「柳先生，我們接獲你的家人報案，說你在四天前失蹤，之後又接到一名自稱『小露』的女性宣稱綁架你的電話，所以動員大批警力調查，才發現你在這裡。」

柳奕勳等到警員說完，又輕輕搖頭。

「沒有。」

方崇誠感覺到空氣變了，或許不是現在才變的，但在這個瞬間到達臨界值，一個到剛剛為止都還沒開口的警員說：「沒有……被綁架嗎？」

「嗯。」

方崇誠瞬間被從背後拉住，他用力抿住就要脫口大罵的嘴，盯著鐵門內的柳奕勳，柳奕勳完全沒有接觸他的視線，彷彿只有半個人站在這裡，另一半在不可想像的次元，留在這裡的人形只要碰一下就會粉碎。

「你的意思是，你自願來到這間公寓，自願無故曠職，不跟家人聯絡？」

柳奕勳的臉因為隔著紗網模糊，看不出一點變化，然而他的聲音第一次出現微乎其微的力道：「對。」

門內外一時停滯，所有人都在等待某個瞬間。

「就連那個『小露』，都是在惡作劇嗎？」最開始詢問柳奕勳的警員問。

「應該……」柳奕勳垂下頭。抓著門的右手稍微往前推，勉強露出身形門縫又更小了。

「陸秀琪，妳在裡面吧！」方崇誠猛然大吼。「妳給我出來！我就是方崇誠，給我說清楚到底是怎麼一回事？」

「學長……」一個警員輕拉他的袖子，但被方崇誠甩開。

「妳不是要救柳奕勳嗎？不是說好要讓他活下來嗎？妳說啊！我明明也答應要幫妳的，我是真的想幫妳啊！」

乒——

方崇誠一拳砸在鐵門上，痛得快要飆出淚來，但鐵紗網內模糊又熟悉的影子動也沒動，反到是方崇誠立刻被支住腋下，一步步往後拖，他開始吼叫一些自己都聽不懂的內容，喊到聲嘶力竭，門內的柳奕勳卻越來越模糊。

依稀聽到留在門前的同事說：「不好意思打擾你了，依照法規我們不會把你的所在地透露給家人，只會告訴她們一切平安，但也請你盡快跟家人聯絡。」

方崇誠聽不見柳奕勳的回應，也看不清他的表情，只感受到鐵門闔上的一聲「砰——」，迴盪在胸口中。

*

鐵門一闔上，柳奕勳圮軟下地，小露勉強從後面撐住，讓他不至於倒得太過突然。

過於寬大的襯衫頹皺在他瘦削的肩膀，小露已經在以前男人留下的衣服中盡力挑出深藍色，背後新傷還是隱約透出更深的血跡。

小露俯瞰柳奕勳枕在腿上的臉，他又閉上眼睛，稍顯急促的呼吸不像睡著，小露輕輕端起他的下巴，覺得掌心一陣熱。

「走吧。」小露悄聲說。

她把柳奕勳擺在沙發上，打開電視，然後倒了一杯水，開水從柳奕勳的嘴角流下來，但小露看到他的喉節動了一下。

小露一個人把媽媽拖進廁所——媽媽平時用的那一間，拖完已經精疲力盡，不過還好冬天的時候，處理並不急。

她把刀洗乾淨，煮了簡單的兩菜一湯，因為柳奕勳只是呆呆望著電視螢幕，小露自己把飯菜吃掉，印象中很久很久沒有這麼放心吃一頓飯，小露把兩碗都吃光光。

然後她坐到沙發的另一邊，電視螢幕的亮光照在他們臉上，房子裡很安靜，除了電視上俗爛的廣告音樂，好像是在賣運動飲料之類小露從來沒看過的東西。

小露把電視關掉。

柳奕勳仍然看著全黑的螢幕，小露攬著他的肩膀，讓他側枕在自己腿上，他稍微挪動身子，視線依舊垂向地板。

小露撥開柳奕勳的瀏海，他的臉摸起來沒有小露自己光滑，但至少沒有傷痕。

刀尖刺了進去。

他在嗚咽中睜開眼睛，看到小露後，緊抿住嘴，小露專注在刀尖迤出的血痕，但仍在餘光中看到他繃緊四肢，抵抗掙扎的本能。

無頭模特兒沒有的臉逐漸綻放小露的花紋，柳奕勳闔上雙眼。

小露微笑，不論他再怎樣若無其事，穿透掌心的顫動是襯衫也遮掩不了的赤裸，小露輕柔握住柳奕勳的最深處，確信自己的心情也已經隨著刀刃進入他的身體。

後記

我想，小說都看完了，後記應該不需要標R18吧？不過劇透是一定有的，請直接END的你翻回第一頁。

我其實有點不想面對看完這本書的人，如同各位所見，這是一本彷彿把小黃本改成長篇的小說，我覺得色情小說是這個世界上不可或缺的存在，也很欽佩能把色情寫好的人，但在處理性癖與劇情的距離時，還是覺得難以拿捏。

在寫這個故事前後，我看過不少資料，女性的連續殺人者真的很少，而且幾乎無一例外是為了金錢利益而殺人，我也不知道原因，或許連續殺人者的人格特質是性聯遺傳，導致像色盲一樣比較容易在男性身上顯現，或許社會在男女成長的過程中也塑造出不同人格。但不管怎麼說，小露和媽媽這個例外，是我的第一個任性，我想不會有人否認支配的慾望或多或少存在每一個人內心，只是大部分的人都不會用違法的方式展現，這或許是我整本書最想寫的東西。

一開始，我想把這個故事做成文字角色扮演遊戲劇本，所以想過很多可能的結局走向，譬如柳奕勳成功說服小露協助逃脫、或者小露終究選擇幫助媽媽殺了柳奕勳、還是小露雖然殺了媽媽，卻也繼續媽媽的工作殺了柳奕勳……不過在決定把這個故事寫成小說後，小說卻走上當初從來沒有想過的結局。

我想，方崇誠的出現，是一個原因吧？開始規劃小說版劇情，我才決定需要有個尋找柳奕勳的人，於是這個警察老友出現了，順帶一提。「崇誠」這個名字是我在想被綁者（男主角）的名字時想到的，但實在太適合警察（男二）了，於是就被挪用，這是我該年度最喜歡的命名，之後才被《盜攝女子高生》的施安祈超越。方崇誠是這個故事中我寫起來最愉快的角色，除了偵查、推理本來就在我的舒適圈外，他也是個讓人安心信賴、積極正向的角色。因為方崇誠的努力，柳奕勳必須會被找出來，才出現了柳奕勳自己不願意出來的可能性。

我不願意說明柳奕勳為什麼在最後關上門，因為我無論說什麼都像是辯解，如果你不能理解，那麼很抱歉，我想你是對的；如果你理解了什麼，我想你也是對的。

其他還有很多設定了但沒有明白寫出來的東西，像是柳家三人的關係、「媽媽」的過去，我想過要不要把這些都寫出來（順便混點字數），但最後還是決定保留這樣由外窺探的隻字片語，因此相同地，你所能想到的通通是屬於你的事實，因為你是讀者。

最後，這本書的出現要謝謝一路跟我討論劇情的好友筆尖的軌跡和夢行、尖端出版社的呂總編、繪製出精細封面的 Ooi Choon Liang 大師、以及出版社中許許多多工作人員，當然還有看到這裡的你。

千晴

逆思流

雙向誘拐

作者／千晴
封面插畫／Ooi Choon Liang
發行人／黃鎮隆
副總經理／陳君平
總編輯／洪琇菁
國際版權／黃令歡
執行編輯／呂尚燁
美術主編／陳聖義
企劃宣傳／邱小祐
出版／城邦文化事業股份有限公司 尖端出版
台北市中山區民生東路二段一四一號十樓
電話：（〇二）二五〇〇七六〇〇 傳真：（〇二）二五〇〇二六八三
E-mail：7novels@mail2.spp.com.tw
發行／英屬蓋曼群島商家庭傳媒股份有限公司城邦分公司 尖端出版
台北市中山區民生東路二段一四一號十樓
電話：（〇二）二五〇〇—七六〇〇（代表號）
傳真：（〇二）二五〇〇—一九七九
中彰投以北經銷（含宜花東）／楨彥有限公司
電話：（〇二）八九一九—三三六九
傳真：（〇二）八九一四—五五二四
雲嘉經銷／威信圖書有限公司 嘉義公司
電話：（〇五）二三三—三八五二
傳真：（〇五）二三三—三八六三
客服專線：〇八〇〇—〇二八—〇二八
南部經銷／威信圖書有限公司 高雄公司
電話：（〇七）三七三—〇〇七九
傳真：（〇七）三七三—〇〇八七
香港總經銷／城邦（香港）出版集團有限公司
香港灣仔駱克道193號東超商業中心1樓
電話：（八五二）二五〇八—六二三一
傳真：（八五二）二五七八—九三三七
E-mail：hkcite@biznetvigator.com
馬新經銷／城邦（馬新）出版集團 Cite(M)Sdn.Bhd.
E-mail：Cite@cite.com.my
法律顧問／王子文律師 元禾法律事務所
台北市羅斯福路三段三十七號十五樓
二〇二〇年十二月一版一刷

■中文版■

郵購注意事項：
1. 填妥劃撥單資料：帳號：50003021戶名：英屬蓋曼群島商家庭傳媒(股)公司城邦分公司。2. 通信欄內註明訂購書名與冊數。3. 劃撥金額低於500元，請加附掛號郵資50元。如劃撥日起 10～14日，仍未收到書時，請洽劃撥組。劃撥專線TEL：(03) 312-4212 ・ FAX：(03) 322-4621。E-mail：marketing@spp.com.tw

國家圖書館出版品預行編目資料

雙向誘拐 / 千晴 著 . --初版.
--臺北市：尖端出版, 2020.12
面 ； 公分. --(逆思流)
ISBN 978-957-10-8928-7(平裝)

863.57　　　　109004884